하루의 끝에 듣는 음악

김준영

머리로 쓰는 글이 아닌 마음의 소리에 기대어 글을 담고 싶다.
수많은 이야기와 추억들을 우리가 사랑하는 모든 것들을 그렇
게 꼭 담고 싶다.

작가 홈페이지

하루의 끝에 듣는 음악

김준영 지음

지친 마음을
어루만지는
오늘의 음악

추억을 꺼내는 이유는

그리움과 불편함을

모두 가지고 있기 때문이다.

많은 것을 잃고 참고 인내해야 했습니다.
시간을 힘을 빌어 도착한 곳에서도
다시 한번 일어나야 했습니다.
하지만 몇 번의 용기로 다시 살아갈 수 있다면
도전은 멈추지 않을 겁니다.
그냥 되는 건 없으니 말이죠.
이젠 웃으며 한 걸음씩 걷고 있습니다.
소중한 삶을 마주하는 좋은 방법을
이제야 조금 알았으니까요.

인생이라는 각각의 힘든 여행을 하고 계신 독자분들께 저자가 말해주는 여러 사례들이 따뜻한 위로가 되었으면 합니다. 특히나 내 마음을 알아주고 함께 해주는 사람들이 있다는게 가장 소중한 것이겠지요. 마지막 책장을 덮었을때 조금이나마 더 훈훈해진 마음을 느끼시면 좋겠습니다. 그래서 모두 조금 더 행복해지면 좋겠습니다.

H치과 조동성 원장

내 마음속의 울림을 음악을 통해 들여다 볼 수 있었다는 점이 너무 놀라웠습니다. 다양한 에피소드지만 내가 겪고 있는 여러가지 문제와 같은 상황이라서 엄마의 품 같은 위로를 흠뻑 느낄 수 있었습니다. 저자가 소개하는 친숙한 음악을 들으며, 추억의 여행을 떠날 수 있었습니다. 달콤한 멜로디는 에피소드와 함께 내 기억 속 깊은 곳에 잠들어있던 소중한 순간들을 깨워 힘들었던 상처를 보듬어 주었고, 저자가 선사하는 감동과 희망의 스토리를 직접 듣고 몸소 체험해보길 바랍니다.

㈜ 제일엔지니어링 종합건축사무소 이요섭 상무

새는 쓰레기 위에서도 노래하고, 별은 어두움 속에서 가장 빛이 납니다. 인생의 가장 힘든 순간이 아름다운 시가 되고, 절망이 행복한 노래가 될 수 있는 것은 인간만이 가진 특권입니다. 여기 아픔 속에 새로운 희망을 꿈꾸며 빚어낸 단단하고 영롱한 진주가 있습니다. 김준영 작가의 책이 진심 어린 위로가 필요한 누군가에게 따뜻하고 다정한 친구가 되길 바라며, 마음 다해 추천합니다.

오페라코치 이기연

친구의 펜에 담긴 우리의 일상이 뜨거운 행복의 기억으로 담겨졌습니다. 그 기억은 따뜻한 위로와 넓은 여유를 우리에게 되돌려 줍니다. 이 책을 덮는 순간. 내 삶의 소중한 이에게 사랑을 이야기하는 당신을 발견할 것입니다.

미래에셋생명 이정완 이사

인생을 한번 되돌아 보아야 하는 시기인 중년에 고단했던 삶의 과정과 아름다운 추억을 공감하게 하는 우리들의 이야기입니다. 자식, 아버지, 남편, 친구로 살아가는 우리들에게 일상의 소중함을 일깨워 줍니다.

㈜ 도시공감 국윤권 대표

앞을 향해 어떠한 형태로든 나아가지만, 주변을 돌아보거나 뒤를 돌아보며 자신을 스스로 위로하는 사람이 과연 얼마나 있을까요? 작은 성공의 기쁨보다도 허망한 세월의 시간과 채워지지 않는 외로움이라는 늪에 빠져서 하루를 보내고 있습니다. 아픔과 슬픔 그리고 분노를 내려놓고 의연한 자세로 세상을 쳐다보는 당신의 용기와 지혜에 깊은 감동을 받으며 저 역시 저 자신을 돌아보는 좋은 계기가 되었습니다.

㈜ 해든기술 이경남 대표

전하고 싶은 것들

마음의 소리에 기대어 글을 담는 일은 무척 어려웠습니다. 특별한 재주가 있는 것도 아니고 오래된 상처와 후회가 제 마음에 깊게 녹아 있어서인지 써 내려가는 글에는 모든 사람이 다칠 것 같은 날카로움이 묻어났습니다. 글 속에 원망이 가득해서 누군가를 따뜻하게 위로할 수 없을 것 같았습니다.

글을 썼다 지우기를 반복하며 절망하다 문득 행복했던 추억이 떠올랐습니다. 떠오른 기억들을 글로 담아내다 보니 마음의 소리도 조금씩 옮길 수 있었죠. 그러면서 누군가를 위로하기 위해서는 먼저 스스로의 마음을 추스르고 돌아봐야 한다는 걸 알게 되었습니다. 그것이 진정으로 타인을 위로하는 길이 아닐까 합니다. 그래서 저는 이 책을 통해 원망과 분노를 덜어내고 빈 그릇에 글을 담아 보려고 합니다. 그리고 이제 행복의 길을 찾아가는 글을 써 보려고 합니다.

스스로 위로의 답을 찾아가는 따뜻한 여정! 그리고 이 땅 위에 발 디디며 최선을 다해 살아가는 우리들의 모습! 평범하지만 누구나 공감하며 추억할 수 있는 이야기들을 말입니다.

상처받고 지친 우리의 진심을 이야기하고 추억할 수 있다면 얼마나 좋을까요? 많은 좌절 속에서도 어려움을 딛고 일어나 진심 어린 희망과 위로의 메시지를 전할 수 있다면 더할 나위 없이 행복할 것 같습니다.

저는 프로작가가 아닙니다. 문과 전공도 아니고 기자 출신도 아닙니다. 그저 살아온 이야기를 진솔하게 글로 담아서 사람들에게 전하고 싶다는 뜨거운 감정에 떠밀려 글을 쓰게 되었습니다.

정말 평범하다 못해 어려운 일들을 수도 없이 경험한 대한민국 보통의 가장이 빚에 관한 전자책을 출간했던 경험으로 자신감을 얻어 가슴 속 이야기들을 글로 담아 봐야겠다는 생각으로부터 이 책이 시작되었습니다.

아직도 직장 생활을 하면서 스페인 산티아고 순례길을 도전하겠다는 꿈을 꾸며, 마음 한구석에 열정을 품고 살아가고 있습니다. 어려운 말로 꾸미지 않고, 솔직한 생각과 평범한 일상을 진솔하게 이야기하고 싶습니다.

지금도 상처받고 각자의 고민으로 잠 못 이루는 사람들이 있습니다. 제 다양한 경험과 추억이 이 책을 읽는 독자분들께 스스로를 돌아보는 계기와 작은 위로가 되기를 바랍니다. 마음의 소리에 귀기울여 보세요. 스스로 찾아가는 과정은 정말 소중합니다.

김준영

오늘의 음악

    주제로 정한 소제목마다 어울리는 글을 쓰면서 다양한 음악이 떠올라서 각 장의 마지막 부분에 글과 어울리는 음악을 추천했습니다. 음악은 글로 표현하지 못했던 모세혈관 같은 미세한 감정까지 전달해 줄 것이라 생각합니다. 많은 이들에게 사랑받고 영감을 주었던 뮤지션들이 이야기하는 아름다운 음악을 함께 들어도 좋겠습니다.

"음악은 마음을 휘감고 감정을 끌어내는 마법이다."

-루이 암스트롱

"음악은 우리가 말로 표현하기 힘든 감정을
전달하는 가장 직접적인 방법이다."

-조니 마티스

    가요와 팝송, 클래식 등 다양한 음악이 있습니다. 해당 부분에서는 뮤지션들의 이야기나 앨범 데뷔년도, 혹은 가사를 옮기기도 했습니다. 저자는 책을 읽을 때 항상 음악을 듣습니다. 둘은 너무도 잘 어울리거든요.

추천한 오늘의 음악을 들으며 책을 읽어 보신다면 글로 전달하지 못했던 아주 작은 부분까지 서로 공감하게 될 거라 생각합니다.

목차

-
-
-

1부

겨울의 기록

선택

♪ 라이오넬 리치 - say you say me

　사람이 살아가면서 수없이 마주하게 되는 일이 '선택' 같다. 우리는 과거 경험을 통해서 실패를 줄이기 위한 선택을 하게 된다. 하지만 나의 선택으로 소중한 다른 것을 잃어버린다면 정녕 그 선택이 올바른 것이었는지 나 자신에게 되묻게 된다.

　새해 초부터 난 내 결정에 대한 혹독한 대가를 치러야 했다. 지방에서의 일이 끝나 오랜만에 집으로 돌아오면서 그리운 가족들과 보낼 생각에 기뻐하고 있었다. 그런데 정작 나를 기다리고 있던 것은 새로운 사업을 해야 한다는 압박이었다. 경기 악화로 건설과 연관된 사업을 계속 진행할 것인지 말 것인지 수천 번 고민하다 결국 다음을 기약했으나, 아내의 입장은 나와 달랐다. 그렇게 아내와 미래에 대한 의견 충돌이 발생하며 갈등이 시작되었다.

　돌아보면 기존 사업을 이어 나가지 못한 것보다 아내에게 기대감만 주고서 정작 실행으로 옮기지 못한 것이 가장 큰 원인이라 생각된다. 잘못된 선택으로 10년이 넘게 고통받았던 아픈 경험을 뼈저리게 기억하고 있었던 터라 이번에는 더 신중하게 생각한 것이었는데, 아내는 나와 달랐다. 또한 아내가 보낸 장문의 문자 메시지를 통해 남자와 여자의 입장이 어떻게 달랐는지 깨닫게 되었다.

우리 X세대들은 기존 세대들과는 다를 줄 알았다. 하지만 어쩔 수 없이 타인과 자신을 비교하며 살게 되는 듯하다. 그 정점은 바로 도심 아파트 생활의 문화가 아닐까. 아파트에 거주하는 수많은 가정들이 서로 비교하며 질투하는 일이 잦다. 다른 집 남편의 직장 이야기, 외제차 구입 이야기, 아이들 영어유치원 이야기 등 온통 다른 이의 삶을 동경하고 비교한다. 그리고 상대적 박탈감을 줄이기 위해 사람들은 그들과 비슷한 소비를 시작한다.

그러나 우리는 한 번 더 생각해 보아야 한다. 가정마다 환경이나 입장이 다름을 인정해야 함을. 모든 남편들이 높은 연봉을 받는 대기업에만 근무할 수 없으며, 다양한 직업군의 사람들이 모여서 돌아가는 것이 세상의 이치임을 말이다.

어둑해진 차 안에 앉아서 처음 느껴 보는 감정이 밀려왔다. 5년이 넘는 지방 생활을 하며 노력한 결과가 고작 외로움으로 돌아온 것만 같았다. 집에 들어가기 싫은 밤이다.

say you say me
라이오넬 리치

▶

Say you, say me Say it for always
That's the way it should be
Say you, say me, say together
Naturally

오늘따라 이 음악이 왜 이리
가슴 시리게 들리는지 모르겠다.
전하고 싶은 말은 많은데,
모두 전하지 못한 것 같다.

둥지언니 & 젠틀정

♪ 아니타 커 싱어즈 - Welcome to My World

어느 날 우연히 유튜브에서 보게 된 어느 부부의 영상이 계속 머리에 남아 하루 종일 머릿속이 복잡했다. 사십 대 정도로 보이는 두 사람은 전 재산을 처분하고 세계여행을 하며 영상을 올리는 여행 유튜버였다. 보면 볼수록 두 사람의 케미와 이야기 그리고 진솔한 대화는 부부의 가치관과 물질 소유에 대해 다시 한번 생각하게끔 만들어 주었다.

난 요즘 부부관계에 대해 스스로에게 많은 물음을 던지고 있다. 부부관계는 사실 비밀 같아서 서로의 고민과 문제를 입 밖으로 쉽게 꺼내지 못하는 것이 문제의 핵심이라고 생각한다. 각자가 가진 가치관도 중요하지만, 변화하는 세상에 맞춰 개인의 가치관만을 고집할 것이 아니라 서로 이야기를 해 보며 관계를 풀어 나가는 방식도 바꾸어야 한다. 하지만 돌아보면 나부터 이러한 변화에 하나도 적응하지 못하고 있었다. 또한 마음이 안정될 때까지 많은 시간을 힘들게 보내기도 했다.

우리는 성취와 성공이라는 포장 아래 필요 이상으로 많은 것을 갖고 싶어 하고 또 소유하면서 살아가고 있다. 세상이 이토록 변화했음에도 가족이라는 울타리 안에서 그리는 집과 차, 그리고 천편일률적인 성공의 모습은 기존 세대의 가치관과 큰 변화가 없으니 참 아이러니(irony)하다.

그런 면에서 두 사람은 진정한 디지털 노마드(Digital Nomad) 같다. 단순하게 집과 재산을 모두 처분하고 자유롭게 본인들이 좋아하는 삶을 살아가고 있는 것처럼 보인다. 하지만 처분한 재산을 특정 분야 주식에 투자하고, 벌어들이는 수익의 절반을 노후 자금에 재투자함으로써 일과 수익, 노후 대비를 함께 진행하고 있으니 참 대단하다는 생각이 들었다. 누구나 쉽게 따라 할 수 없는 선택을 통해 자유를 얻은 것 같았기 때문이다. 영상을 보는 내내 그들의 따뜻한 모습이 나의 현실과 교차되어 씁쓸한 마음이 들기도 했다.

사랑하는 사람과 함께하는 것은 지나면 돌아오지 못하는 시간을 멋지게 보내는 가장 뜻깊은 일이다. 하지만 많은 사람들이 독단적인 판단과 결정으로 소중한 시간을 잃어버리는 오류를 범하기도 한다. 사랑하는 사람과 함께일 때가 가장 아름답다. 그렇지 않은가?

Welcome to My World

아니타 커 싱어즈

▶

I'll be waiting here
With my arms unfurled
Waiting just for you
Welcome to my world

대한항공의 CF 음악으로 유명해졌는데
그 영향인지 음악만 들어도 비행기가
하늘을 멋지게 날아가는 장면이 떠오른다.
둥지언니 & 젠틀정이 여행 유튜버이기에
어울려서 추천해 본다.

사춘기

♪ 볼 빨간 사춘기 - 나의 사춘기에게

　　큰아이를 낳고 키우던 시절 서점가에 꽤 인기가 있던 베스트셀러 『소아과119』가 기억난다. 이는 초보 엄마아빠를 위한 책으로, 아이를 키우기 위한 기초지식과 응급을 다투는 상황까지의 필수 정보가 담겨 있다. 이처럼 육아에는 좋은 책을 통해 얻은 정보도 큰 도움이 되었지만, 부모님이 직접 경험하신 팁도 커다란 도움이 되었다. 여러 곳에서 얻은 정보를 토대로 아이들을 키웠고, 다행히 아이들은 건강하게 무럭무럭 자랐다. 품 안에 꼭 안겨 얼굴을 부비부비해 줄 때까지 말이다.

　　아이들도 2차 성징이 오면서 사춘기를 만나게 되었는데, 고집 부리고 떼쓰던 어릴 때보다 체력적으로도 감정적으로도 대응하기 쉽지가 않았다. 생각해 보면 내가 겪었던 1990년대의 사춘기는 언론매체가 다양하지 못했던 이유인지 좀 단순하면서도 순수했던 것 같다. 팝송에 심취한다든지 오락실을 가거나 운동을 한다든지 김혜수, 채시라, 소피 마르소 등 인기 연예인의 사진을 코팅해서 애지중지한다든지 했던 기억이 있다. 그런가 하면 좋아하는 여학생과 펜팔 등을 하면서 사춘기의 시절을 보냈다. 물론 그 시절에도 사춘기를 거창하게 보낸 아이들이 있었다. 조금 다른 점이라면 소위 문제아라고 불리는 말썽꾸러기들도 선생님을 무서워하고 존경했다는 점이다.

6학년 때까지 그렇게 상냥하고 영상통화를 많이 해 주던 둘째 딸이 중학생으로 입학하고 나니 방문을 닫고 들어가서 말이 없는 시간이 많아졌다. 가족 중에서 나와 유일하게 영상통화를 하던 아이였는데, 사춘기에 접어들고 나니 말투도 퉁명스러워지고 같이 있을 때도 핸드폰과 아이패드가 손에 들려 있다. 이젠 구석에 박힌 배드민턴과 킥보드가 예전의 주인을 기다리고 있을 뿐이다.

내 부모님도 이런 기분이었을까 하는 마음에 죄송하기만 하다. 사춘기 아이들의 마음을 이해해 주는 동시에 나의 마음도 돌아볼 시간이 필요한 것 같다. 모든 부모들이 아이들의 사춘기로 고민하고 있을 것이다.

사춘기는 모두가 지나는 시기라고 단순하게 생각하면 자식들과 단절되기 쉽다. 또한 그 시기에 배우고 얻게 되는 것이 많기에, 대수롭지 않게 여기거나 혹은 예민하게 대하기보다는 짧은 시간이라도 함께하고 아이들의 이야기에 귀 기울여야 한다.

몇 가지 알게 된 사춘기 에티켓과 팁을 소개하겠다.

① 항상 노크를 한다

내가 항상 노크를 하니, 딸은 아빠가 우리집에서 매너가 가장 좋다고 이야기한다.

② 아이들이 좋아하는 음악을 들어 보기

FLO를 같이 공유한다면 아이들이 즐겨 찾는 음악을 쉽게 접해 볼 수 있다. 음악은 아이들의 관심이 높은 분야이기 때문에 아이들을 이해하는 데 큰 도움이 된다.

③ 아이들과 부담 없는 드라이브해 보기

타이트한 공부 시간에서 벗어나도록 해 주는 것이 목표이고, 차에 타자마자 오디오에 블루투스를 링크하고 음악을 틀어 주면 더욱 좋다. 그렇게 하면 그동안 못했던 말들을 들을 수 있다. 처음에는 말이 없고 어색할 수 있으니, 다양한 주제를 가지고 먼저 대화를 시도해 보는 게 좋다.

④ 마라탕을 함께 먹고 카페 방문하기

마라탕을 언제 먹어 보았을까? 중국 여행 때나 먹는 거라고 생각하면 안 된다. 요즘 아이들은 마라탕을 좋아해서 친구들과 자주 먹는다. 또 후식으로 카페에 가서 커피는 아니지만 음료를 마시기도 한다. 사람들이 많아 부산스러운 카페에 왜 가야 하는지 의문을 가지는 순간 아이들과 절대로 가까워질 수 없다. 그러니 이해가 되지 않아도 카페에 꼭 들러 아이들이 좋아하는 음료를 함께 마시며 이야기를 나누는 시간을 갖기를 바란다. 아이들에게 틈틈이 카페 쿠폰을 선물해 주면 정말 센스 만점 아버지가 될 수 있다.

⑤ 할머니, 할아버지 이야기를 해 주기

가족들의 역사를 아이들에게 이야기해 주는 건 좋은 일이다. 아이들이 경험하지 못한 것을 이야기해 주고 우리 집안의 이야기를 들려줄 수 있다. 물론 이야기해 주는 장소가 중요하다. 맛있는 음식을 먹을 수 있고 분위기도 멋진 카페라면 우리의 이야기가 훨씬 즐겁고 기억에 오래 남을 것이다.

이렇게 말하니 사춘기 전문가 같지만 오해 마시길 바란다. 나 역시 사춘기 아이들에 대해서는 아직도 이해 안 되는 것이 더 많고 섭섭한 마음은 여전하다. 이 시간이 어서 지나길 간절하게 기도하고 있을 뿐이다.

나의 사춘기에게
볼 빨간 사춘기

――――――――○――――――――

▶

그래도 난 어쩌면 내가
이 세상에 밝은 빛이라도 될까 봐
어쩌면 그 모든 아픔을 내딛고서라도
짧게 빛을 내볼까 봐

음악을 좋아하는 사춘기 딸이
음악을 선곡해 주었다. 발랄하고도 독특한
음색의 가수다. 요즘 트렌드와 맞물려
많은 사랑을 받고 있는 곡이다.
사춘기의 아이들의 마음을 노래했으니
꼭 한번 들어보길 추천한다.

꼰대

♪ 바비 빈튼 - Mr. Lonely

사전적인 의미로는 은어로서 '늙은이'를 뜻한다. 다른 뜻으로는 '선생님'을 뜻하기도 한다. 우리는 꼰대를, 권위적인 사고를 가진 어른을 비하하는 단어로 인식하고 있다. 중년이라면 꼰대라 불리는 나이의 정점에 있다고 보면 된다. 하지만 난 꼰대라고 불리고 그대로 살아가는 것에 반대다! 이렇게 반대하는 이유에 대해서 이야기해 보겠다.

어느 날 다른 회사 대표님과 식사를 함께할 수 있는 자리가 있었는데 우리 회사의 젊은 직원들도 함께해서 오랜만에 회식 분위기가 왁자지껄해졌다. 그렇게 식사를 맛있게 하고 맥주도 한잔하는데, 오십 대 후반 정도의 대표가 자꾸 젊은 직원들 앞에서 어색한 웃음을 지으며 "꼰대 같죠? 미안합니다!"라며 스스로를 '꼰대'라고 지칭하는 것이었다. 자신이 했던 말이 반응이 없을 때마다 그 말을 반복했다. 나는 내내 못마땅했다. 왜 젊은 사람들에게 스스로를 꼰대라고 고백하는 걸까? 이해할 수도 없거니와 근본적으로는 그 대표와 같은 태도가 소통의 결여에서 나오는 문제라는 생각이 들었다.

중년의 나이라면 사회적으로 어느 정도 권위를 가진 위치에 올라 있다. 그렇기에 명령을 내리고 지시하는 포지션에 있는 경우가 많은데, 여기에 안주하다가는 진짜 꼰대가 되기 십상이다. 그럴수록 좀 더 젊은 사람들이 편하도록 위트 있게 생각하고 공감할 수 있는 행동을 해야 한다. 복잡한 것을 피하고 쉬운 선택만 해서는 새로운 문화에 적응하지 못할 것이다. 그러다가 결국 간단한 키오스크 주문조차도 못하는 결과를 초래할 수도 있다.

꼰대란? 이렇게 정의하고 싶다. 현재의 트렌드와 문화를 모르고 배울 의지도 없는, 소통이 결여된 사람이라고! 누구나 처음부터 잘할 수 없다. 지속적인 노력과 관심이 있으면 된다. 그래야 젊은 세대들의 문화에 한 걸음 다가갈 수 있다. 젊은 사람들이 좋아하는 아이폰을 애국심과 결부해 허황된 것이라 비방하면 그들의 문화와 삶을 결코 이해할 수 없다. 우리는 그저 그들이 좋아하는 이유를 납득하고 존중하며, 내가 좋아하는 내가 편하게 느끼는 제품을 사용하면 그만이다. 예전 우리도 젊은 시절 어른들에게 이해할 수 없는 옷차림을 하고 음악을 듣는다고 핀잔을 듣지 않았는가?

중년 부장도 힙한 음악을 들을 수 있고, MZ 세대보다 빠른 얼리어답터일 수도 있고 양복 안에 멋진 복근을 감춘 헬창일 수도 있다. 생각만 해도 멋지지 않은가? 2000년대처럼 퇴근 늦게 하고 같이 술한잔할 사람 없어서 여기저기에 문자 보내고 기다리기보다 차라리 집에 일찍 가서 쉬는 게 어떨까. 그러면 가족들에게 훨씬 더 사랑받을 수 있다. 이젠 꼰대라는 단어는 훌훌 털어 버리고 나이를 신경 쓰지 않는 멋진 모습으로 새로운 것에 도전을 해 보면 어떨까?

Mr. Lonely

바비 빈튼

▶

I'm Mr Lonely
I wish that I could go back home
Letters never a letter
I get no letters in the mail
I've been forgotten Yeah!

해외 파병된 군인이 집을 그리워하는
가사다. 삶이라는 전쟁터에서
똑같이 집을 그리워할 가장들의
애환이 느껴져 추천해 본다.
가사를 음미하며 들어 보면 좋겠다.

인생의 색

♪ 서영은 - 가을이 오면

　　검은색으로 태어나서 회색으로 살다가 흰색으로 가는 것은 무엇일까? 우연히 화장실에서 전기면도기를 세척하다 깎인 수염의 색을 보니 회색이었다. 처음에는 잘못 본 줄 알았다. 그러다 깨달았다. '아! 어느새 흰 수염이 많아지고 있으니 검은색 수염과 섞여 회색으로 보인 거구나……' 하긴 염색을 안 하면 흰머리가 많을 텐데 주기적으로 하다 보니 내 머리카락이 여전히 검은색이라 착각한 듯하다.

　　서른다섯 살 이후부터는 노화의 과정이 시작된다고 하지만 살면서 노화의 과정을 곧바로 체감하기란 좀 어렵다. 가장 먼저 나빠지는 눈은 바로 느끼게 되지만 나머지 신체 기관은 무리한 운동이든지 과로했을 때 빼고는 거의 느껴지지 않으니 말이다.

　　노화라는 과정을 자연스럽게 받아들이고 싶다. 우리의 몸과 마음은 시간의 흐름에 맡겨 두고 현재를 좀 더 여유 있게 보내고 싶다. 사계절이 변하듯 각기 다른 계절과 같이 봄의 꽃처럼 화려했다가 뜨거운 여름에 태양을 이기고 단풍처럼 우아해지면서 화사한 흰 눈처럼 멋지게 마무리되기를 소망한다. 가을이 다가오는 멋진 계절, 우리에게 허락된 아름다운 시간을 감사하게 보내 보자.

가을이 오면

서영은

─────────────○─────────────

▶

**가을이 오면 눈부신 아침 햇살에 비친
그대의 미소가 아름다워요
눈을 감으면 싱그런 바람 가득한
그대의 맑은 숨결이 향기로와요**

언제 들어도 좋은 이문세 씨의 곡을
리메이크한 곡이다. 서영은 씨는 목소리가
가을과 참 잘 어울리는 가수다.
낙엽이 가득한 가을에 따뜻한 커피를
마시며 듣는다면 더욱 좋을 것 같다.

행복

♪ 버즈 - 나에게로 떠나는 여행

　행복을 지수로 표현하면 몇 점일까? 삶의 무게가 무거워진 중년에 행복이 존재하기는 하는 건가 하는 물음부터 생긴다. 주변의 많은 사람들이 행복을 말하지 않고 온갖 불평과 불안에 점철된 채 미래에 관한 이야기만 한다. 다들 행복은 항상 가까이 있다는 걸 안다. 하지만 우리가 상상하는 행복은 너무 멀기만 하다. 비교에 의한 행복이 기준이기에 갈증이 난 것처럼 우리의 행복은 목마름이 심하다.

　친구들과 모여서 가볍게 취미에 대하여 이야기를 나눈 적이 있는데, 일곱 명의 친구 중에 취미를 가진 친구가 세 명뿐이었다. 악기나 자전거 등 다양한 취미 활동이 있음에도 아직까지는 음주가무에 삶의 낙을 둔 친구들이 더 많았다. 지금이야 건강이 허락하니 가능하겠지만, 앞으로는 음주가무가 아닌 다양한 취미를 가지는 것이 건강에도 정신에도 이로울 텐데, 그를 통한 또 다른 작은 행복을 누리지 못하는 것이 우리의 현주소라 안타까웠다.

　아이들이 자라서 자유로운 시간이 늘어났다면 이제는 자신을 위한 행복을 찾아야 한다. 어찌 보면 지금부터가 우리가 누리는 진정한 자유의 시간이라 할 수 있다. 취미는 종류를 떠나 행복감과 안정감을 선사한다. 정서적으로 메마르지 않아야 우울감도 적고 자존감도 유지할 수 있다. 꼭 취미가 아니더라도 자신만의 행복이 무엇인지를 찾을 수 있도록 노력해야 한다. 요즘은 정보가 다양해서 색다른 장소에서의 멋진 여행이나 경험에 쉽게 도전해 볼 수도 있으니 우리는 이러한 소소한 행복을 찾아 누려 볼 필요가 있다. 행복을 지수로 표현하면 몇 점일까? 이 물음에 답을 해 줄 수 있는 이론이 있어 소개해 볼까 한다.

데시와 라이언의 자기 결정성 이론(Self-determination theory)은 행복의 조건을 세 가지로 구분한다. 첫 번째는 자율성이다. 내가 통제받지 않고 스스로의 행복을 찾아가는 독립성의 욕구이다. 두 번째는 유능성이다. 나는 새롭게 성장한다고 믿는 능력의 욕구이다. 세 번째는 연결성 또는 관계성이다. 가장 중요하다고 생각되는 것인데 역설적으로 우리가 가장 많이 놓치고 있는 부분이다. 자율성과 유능성이 아무리 실현되어 발달해도 이것을 인정해 주는 사람이 없다면 의미가 없기 때문이다.

이러한 이론에 비추어 볼 때 우리의 행복은 나의 자율성을 인정받고 그 안에서 새롭게 성장해 나가며 그것을 응원하고 믿어 주는 가족이 있을 때 행복하다고 생각해 볼 수 있다. 그동안 앞만 보고 달려온 우리는 이제 자신의 행복을 위해 새롭고 다양한 경험을 통해서 행복을 찾아가야 한다. 물론 가족의 응원과 지지가 있다면 행복은 배가될 것이라 생각한다. 또한 행복의 가장 작은 출발인 가족의 의미를 되새겨 보고 우리가 가지고 있는 행복의 기준을 다시 한번 고민해 보아야 할 것 같다. 이제라도 제발 남이 가진 것과 비교하지 말고 작지만 나만의 행복을 만들 수 있는 것부터 찾아보길 바란다. 지금 바로!

나에게로 떠나는 여행

버즈

▶

Far away U're my sunshine
we were together
나는 사랑보다 좋은 추억 알게 될 거야
텀블러 한잔에 널 털어 넘기고
이젠 나를 좀 더 사랑할 거야

이 노래는 친한 선배 형의 18번인데
회식 때에 얼마나 멋지게 부르던지
듣고 있으면 몸과 어깨가 자동으로
리듬을 타게 된다. 낡은 하모니카를 불면서
멋진 스포츠카를 타고 여행을 떠나는
멋진 상상을 해 본다.

이별의 춤

♪ 머라이어 캐리 - Hero(1993)

    우연히 인스타그램에 접속했는데 충격적인 영상을 보고 말았다. 평범한 거실에서 티브이 화면을 보면서 춤을 추고 있는 중년의 여성이 나오는 영상이었다. 태그는 #이혼 #자유로, 이혼을 했는데 너무 자유롭고 행복해서 진작 하지 못했던 자신을 후회한다면서 아이들까지 즐거워하고 있다는 내용이었다. 여기까지는 이해할 수 있었으나 영상에 달린 댓글들을 보니 상식적으로 이해하기 어려운 내용들이 줄을 이었다.

    - 저도 이혼하고 싶은데 넘 아이들 때문에 망설여집니다.
       남편이 죽어야 자유를 얻는 건가요?

    - 님처럼 이혼해서 자유롭고 싶습니다.

    - 응원합니다. 저도 남편이 죽었으면 좋겠습니다.

아내가 이렇게 무서운 댓글을 썼는지도 모르고 직장에서 열심히 일하고 있을 남편들이 떠올라 마음이 편치 않았다. 관종이라서 이렇게 영상을 올린 거라면 더 화가 난다. 노름이나 폭력 등 중대한 결격사유 때문에 이혼을 하는 거라면 이혼의 필요성에 동의할 수 있다. 또한 다양한 개인적인 사유로 이혼하고 살아가는 것에 대해서도 충분한 공감을 할 수 있다. 하지만 이혼을 조장하고 가벼운 유행처럼 만드는 것은 우려되는 일이다.

결혼 생활이 쉽고 무탈한 과정이면 더욱 좋겠지만 인생은 파도처럼 넘실대는 어려움과 고통이 동반되기도 한다. 건강한 많은 부부는 이러한 과정을 잘 이겨 내고 관계가 더욱 견고해지는 경험을 하기도 한다. 반대로 아쉽게도 어려움을 극복하지 못하고 잦은 싸움 끝에 마침표를 찍고 서로 갈 길을 가기도 한다.

최근에 티브이나 다양한 채널에서 이혼이나 돌싱에 관한 주제를 가지고 많은 연예인과 일반인을 등장시켜 방송 프로그램을 제작하고 있다. 이혼의 관한 경험은 할 수 없으니 다양한 정보를 제공해서 현실적인 문제점을 직시(直視)하도록 하거나 도움을 주는 것에는 나도 동의한다. 하지만 방송의 의도와는 다르게 이혼이라는 문제를 쉽게 여기고 돌싱이라는 위치를 마냥 자유로운 상황으로만 여길 수 있는 부분에 대해서는 개선의 여지가 필요하다고 생각한다.

"아이들을 생각해서 이혼을 늦추려 했으나 나의 인생이 더 중요하기에 이혼을 결심했다."라는 누군가의 말은 얼핏 일리가 있는 것처럼 들기도 한다. 하지만 한 사람의 삶의 중요성만 강조하며 나머지 사람들의 삶에 미칠 영향을 고려하지 못한 말인 듯 들리기도 한다. 노후에 대해 생각해 본다면 이혼에 대한 결정이 더욱 어려워질 수도 있을 것이다.

이혼에는 많은 부가적인 책임이 따른다. 단순히 위자료나 부양비 등은 일차원적인 문제고, 아이들이 그러한 부모의 상황을 지켜보면서 인생관이나 결혼관 등 정서적인 면에 커다란 영향을 주기 때문이다. 살다 보면 당연히 이혼할 수 있다. 하지만 정말 신중하게 고민해야 할 문제다.

이혼하고 흥을 이기지 못해 즐거워 이별의 춤을 추는 사람이 많지 않으면 좋겠다. 부족하겠지만 가족을 위해서 밤 늦게까지 최선을 다하는 남편이 죽었으면 좋겠다는 잔인한 말도 삼갔으면 좋겠다. 본인의 자유가 존중되어야 하는 만큼 타인이 아닌 가족의 자유와 삶도 더욱 존중받아야 한다는 것을 잊지 말자. 오늘도 가족을 위해 늦게까지 일하는 당신에게 축복이 함께하길 기도한다!

Hero(1993)
머라이어 캐리

▶

There's a hero
If you look inside your heart
You don't have to be afraid
Of what you are
There's an answer

야근과 잦은 회식이
정말 힘들다는 것을 알아주었으면 좋겠다.
축 처진 어깨를 당당하게 펴고 사랑받길,
지친 아버지들을 위해 이 노래를 바친다.

또 다른 노후

♪ 아이유 - Love Poem

　　뉴스에 회자되고 있는 또 다른 노후에 관한 이야기이다. 반드시 고민해야 하지만 모두가 외면하고 먼 미래의 일이라고 생각하는 문제, 바로 노후이다.

　　노후에 관련된 책들의 90퍼센트는 실질적인 문제점보다는 돈에 관련된 정보가 대부분이다. 우리가 맞이하게 될 노후는 지금까지와는 너무 다르고 두렵기까지 하기에 미리 생각하고 고민하는 시간이 되었으면 한다. 2050년에 혼자 사는 가구의 비율이 50퍼센트에 육박할 것이라는 예측과 70세 고령자가 혼자 사는 비율이 높을 것이라는 통계에 더욱 놀라지 않을 수 없다.

　　지금은 2인 가구 하면 떠오르는 구성이 신혼부부 2명이라면, 2050년에는 70세 이상의 부부 아니면 노인 한 명과 결혼하지 않은 캥거루 자식의 구성이 될 수 있다는 것이다. 극단적인 예시라고는 느껴지지 않는 것이, 지금의 저출산 고령화 속도라면 충분히 가능할 것 같다. 뉴스를 통해 종종 들려오는 마음 아픈 고독사 이야기가 나중에는 일상에서 자연스러운 일처럼 여겨질까 봐 두렵기도 하다.

가족의 단위는 작아졌지만 가족의 의미가 더욱 중요하다고 생각되는 현재이다. 가족이야말로 불안한 미래 속에서도 든든한 힘이 되어 줄 작은 울타리가 될 것이기 때문이다. 물론 건강한 가족이 우선되어야 한다는 전제이지만 많은 문제점을 이겨 나갈 우리에게는 가족이라는 울타리를 지켜 낼 힘이 아직 남아 있다는 것을 믿어 의심치 않는다.

Love Poem
아이유

▶

I'll be there
홀로 걷는 너의 뒤에
Singing till the end
그치지 않을 이 노래
아주 잠시만 귀 기울여 봐
유난히 긴 밤을 걷는 널 위해 부를게

아이유의 아름다운 목소리가
무거운 마음을 따듯하게 감싸 줬다.
내가 유애나 5기이기 때문은 아니다.

LP bar

♪ 스콜피언스 - Still Loving You

　친구에게 거하게 밥을 얻어먹어서 오늘은 꼭 맛난 밥을 사 주고 싶었다. 시월이 다가오니 해 질 녘이면 선선하게 불어오는 바람이 약속 장소로 향하는 길에 콧노래가 절로 나오게 만든다. 차 창문을 활짝 내리고 왼손을 편하게 기댄 채 스피커로 들리는 감미로운 배미향의 목소리와 흘러나오는 멋진 음악을 감상해 본다.

　언제 만나도 즐겁고 이야기 나눌 수 있는 친구라는 존재와 함께하는 시간은 더욱 값지다. 평상시와 달리 이상하게 들떠 보이는 친구가 먼저 말을 꺼냈다.

　"오늘은 맥도날드에서 간단하게 먹고 빨리 갈 데가 있어."

　웃음을 머금은 채 햄버거를 크게 한입 물고 말한다.

　"어디 가는데? 왜 이리 들떴어?"

　"어, LP bar라고 아주 멋진 곳인데 어서 먹고 가자."

　이야기는 들어 봤다. 멋진 분위기에서 와인이나 맥주를 한잔하면서 명품 스피커에서 흘러나오는 음악을 멋들어지게 감상할 수 있는 곳이라는! '드디어 오늘 가 보게 되는구나!' 나는 크게 입을 벌려 햄

버거를 더 빠른 속도로 먹었다.

도착한 곳은 생각보다 아주 작은 곳이었다. 현판에는 일**문과대 201호라고 써 있었고, 심플하지만 소박한 느낌에 멋스러움이 있었다. 노란색 불빛이 반딧불처럼 은은하게 문틈으로 배어 나오고 그 사이로 JAZZ의 선율이 맛깔스러운 고기 냄새처럼 흘러나왔다. 친구는 와인을 무척 좋아한다. 오늘은 특별하게 미국산 와인이 당긴다며 주문하고 자리를 잡았다. 분위기는 낯설지만 커다란 와인 잔을 휘돌려 파리지엥(Parisien)이 된 것처럼 와인을 멋지게 마셨다.

정겹게 빙글빙글 돌며 치지직 치지직 LP의 따뜻한 음이 가게 안을 맴돈다. 죽어 있는 MP3 음악 파일과는 다르게 확실히 정돈되고 안정된 음이다. 아름다운 음악을 들으며 가볍고 무거운 이야기 모두 와인 잔에 담아서 훌훌 털어 내고 나니 마음이 한결 가볍다.

손님들이 조금씩 떠나고 사장님과 음악 이야기, 인생 이야기를 하다 가게 한쪽에 쌓여 있는 책들에 대해 물어보았다. 18년을 글 쓰며 먹고살다가 그 힘을 모아서 책으로 출간했다고 하신다. 하지만 책 내용이 많은 이들에게 공감은 얻지 못했다고 웃으며, 책을 준비 중이라는 나의 이야기에 "자신만의 색깔로 써 보세요."라는 명료한 조언을 해 주셨다. 또한 본인의 책 2권을 선물해 주셨다. 산타 할아버지에게 선물받은 어린이처럼 무척 기분이 좋았다. "감사합니다."를 연신 외치며, 나의 책이 출간되면 사장님께 꼭 선물하리라 다짐하면서 가게를 나왔다.

평소 자주 다니는 곳이 편하고 익숙하기 마련이다. 하지만 익숙한 것이 오래되면 고인물이 되기도 한다. 이럴 때에는 작은 변화가 삶에 큰 변화를 주기도 한다. 지치고 고민이 많아질 때 새로운 곳에 한번 방문해 보길 추천한다.

Still Loving You
스콜피언스

▶

What you've been through
You should give me a chance
This can't be the end
I'm still loving you
I'm still loving you

뜨거워 녹아내릴 듯한 누런 할로겐 전구와
어둠컴컴한 분위기에 무겁게 깔려
들려오는 JBL 명기 4312에서 흘러나오는
기타 연주는 꼭 들어 봐야 한다.
이 사운드는 글로 표현하기가 무척 어렵다.

담배에 대한
진심(盡心) 어린 충고

♪ 마츠바라 미키 – 真夜中のドア〜Stay With Me

이 주제에 대해서 우리 모두는 할 이야기가 참 많을 것이다. 사십 세에서 오십 세가 가까워지면 줄이거나 단호하게 끊어야 할 것이 생긴다. 건강을 잃고 나서는 아무런 의미가 없으니 그전에 신중하게 고민해야 한다. 이렇게 이야기하는 저자는 2018년 2월에 두 번째 삶을 얻었다. 협심증으로 시술 중에 심정지가 와서 생사(生死)의 고비를 넘기기도 했다. 회복실에서는 기관지 폐색증으로 산소 호흡기를 달고 숨을 쉬지 못하는 환자를 일주일 동안 마주 보며 많은 생각이 들었다. 죽음에 대한 두려움도 있었지만 삶을 잘못 살아왔다는 죄책감이 밀려와 너무 괴로웠다.

흡연에 대한 진심 어린 충고를 하고 싶다. 운이 정말 좋다면 오랫동안 장수할 확률도 있겠지만 현실적으로 흡연은 심혈관계질환과 폐와 관련된 질병을 얻는 지름길이라고 말이다.

다양한 직업을 경험하면서 느낀 바로는, 직업군마다 흡연자의 비율은 정말이지 다양하다는 것이다. 제조업이나 건설업 등 고된 노동을 하는 직종은 흡연율이 엄청 높았다. 회식에 참여할 때면 항상 고기 굽는 자리에 나 혼자 덩그러니 남곤 했다. 요즘이야 흡연에 대한 자유로움이 있었지만 20년 전 나름 규율이 존재하는 조직에서 비흡연자는 왕따나 다름없었다. 영업 회의를 할 때도 테이블 가운데 떡하니 재떨이가 있었고, 회의에 참여하는 사람들 모두 입에 담배를 물고 있었다.

메케하고 자욱한 연기에 눈이 찌푸려지는 것을 참고 남자답게 열심히 담배 연기를 뿜으며 조직의 흡연 문화에 동화되었던 시기도 있었다. 우리집 중학생 사춘기 딸이 아빠가 가장 잘한 것이라고 자신 있게 말하는 게 바로 금연이었다. 냄새에 민감한 나이라 그런지 금연한 아빠에게서는 좋은 향도 난다고 한다. 세상에서 금연한 사람과 상종(相從)하지 말라고 말하며 금연에 대한 의지를 미리 꺾기도 하는데 이유가 무엇일지 생각해 보면 단호하게 강한 의지로 금연한 것에 대한 부러움과 두려움 때문인 것 같다.

모두가 어려워하는 금연은 사실 내겐 아무것도 아니었다. 나는 경제적으로 가장 어려운 시기에 직면에 금연에 성공하게 되었다. 하루는 아이들이 편의점에서 과자와 음료수를 사 달라고 했는데 정말 지갑에 천 원 하나 없었다. 사 주고 싶은 마음과 담배 한 대 피고 싶은 마음이 교차했다. 순간 눈물이 덩그러니 맺혔다. 아이들 과자 하나 못 사 주면서 담배 생각을 하다니⋯⋯. 정말 내 자신이 한없이 무기력하고 싫었다.

그날로 담배를 끊었다. 후유증으로 일주일 정도 식은땀이 쏟아졌지만 흡연의 욕구가 경제적 어려움과 절실한 마음을 이기지는 못했다. 그렇게 금연을 하고 10년이 지났다. 금연 후로 한 번도 담배에 손을 댄 적이 없다는 자부심으로 지금은 많은 사람들에게 금연에 대해서 설파(說破)하고 다닌다.

중년이라는 나이는 삶과 죽음의 기로에 서 있는 나이이다. 주변에 오십 세를 못 넘기고 폐암으로 떠난 사람도 많이 보았기에, 우리는 중요한 결정을 내려야 할 시기에 서 있는 것이나 다름없다. 잔인하게 술과 담배를 모두 끊고 산으로 들어가라고 하는 것도 아니다. 단 하나의 가장 유익하지 못한 것과의 단절! 이별! 흡연만큼은 이 시기에 꼭 해야 한다고 말하고 싶은 것이다!

건강한 삶을 영위(營爲)하는 것은 아주 중요한 문제다. 이루고자 하는 것도, 그리고 함께해야 할 사랑하는 가족도 건강 없이는 만들고 지켜 갈 수 없기에 건강한 삶이란 몇 번을 강조해도 지나치지 않다. 자신과의 싸움에서 이겨 본 적이 없다 해도 금연만큼은 지금 당장 도전해 보기를 바란다. 이는 누구나 실천할 수 있는 일이며, 어쩌면 이를 통해 미쉐린 같은 미각의 소유자가 될 수 있을지도 모른다.

2021년 통계에 따르면, 심혈관계질환으로 사망한 자는 3만 1,569명이다. 충격적으로 많지 않은가?

真夜中のドア〜Stay With Me
마츠바라 미키

▶

Stay with me
真夜中のドアを叩き
心に穴が空いたまま
今でもあの頃みたいに
言ってたの

내가 가장 좋아하는 시티팝 곡이다.
나의 모닝벨이기도 하다. 마츠바라 미키는
1980년대 일본 시티팝의 대표적인 가수이다.
사십 대에 암으로 요절했지만
그녀의 멋진 노래는 세상에 남았다.
금연하느라 힘들 텐데 집에만 있지 말고
도심의 멋스러움을 선사하는 이 노래와 함께
도심 야간 드라이브를 추천해 본다.

남다른 놈 (1)

♪ 오페라 라 트라비아타 中 - Act 1. 축배의 노래

내 친구 중에는 남다른 놈이 하나 있다. 스펙이 남다른 게 아니라 행보가 남달랐다. 카이스트 졸업 후 모두의 만류를 뿌리치고 전공과 다른 증권사로 향했고, 그 이후 부동산 PF대출과 관련된 곳에서 오랫동안 일했다. 날씨가 꽤 좋았던 날 친구에게 여의도에서 커피 한잔하자고 연락이 왔다. 카페 야외 테이블에 앉아서 커피를 마시면서 여의도의 잘나가는 증권 맨들을 보던 친구가 입을 먼저 열었다.

"저기 잘나가는 많은 사람들은 자기들의 미래를 알고 있을까?"

"아는 사람들이 어디 있어? 그냥 열심히 사는 거지."

"아냐, 성공한 것처럼 보이지만 다른 사람들보다 더 일찍 소모되고 버려질 거야."

친구는 무겁게 이야기를 꺼내더니 억대 연봉의 잘나가는 직장 사수를 보면서 자기는 생각을 굳혔다고 말했다. 아내와 아이들을 외국에 유학 보내고 돈도 없이 자취생 같은 삶을 살고 있는 직장 사수의 삶이 자기의 미래처럼 보였다고 한다. 그러고는 커피를 마시면서 한참 말이 없더니 결심한 듯 나에게 말했다.

"나, 사표 낼 거야!"

"……."

우린 아직 마흔도 안 되었는데 퇴직은 너무 빠르지 않은가? 의아해하자 친구는 나에게 그동안 준비한 것들을 이야기하기 시작했다. 부동산 관련 박사과정을 밟으면서 자기가 나아가야 할 방향에 대해서 고민하던 친구는 퇴근 후에 많은 시간을 투자해서 몇 년을 준비했다고 한다.

"이제부터 멋진 집을 지어 봐야지."

여의도의 높은 빌딩을 바라보는 친구의 얼굴에 자신감 넘치는 미소가 번진다.

"정말 너는 잘할 거야!"

의욕 가득한 친구의 목소리에 나도 응원의 힘을 실었다. 고맙다는 친구와 헤어지고 돌아오는 길에 많은 생각이 들었다. 퇴직을 선택할 수 있는 그 대범한 용기에 멋지다는 생각과 부러움이 생겼다. 과연 새로운 길에 만날 어려움을 잘 이겨 낼까 하는 걱정 또한 들었다.

걱정과 달리 친구는 광진구에서 첫 빌라를 시작으로 시흥 목감에 작은 아파트 준공까지 멋지게 영역을 넓혀 가면서 승승장구했다. 결국 그는 친구들 중에 가장 먼저 경제적 자유인 명단에 이름을 올렸다. 멋지다, 남다른 놈!

Act 1. 축배의 노래
오페라 라 트라비아타 中

▶

Libiamo, libiamo ne' ieti calici,
che la belleza infiora
E la fuggevol ora
s'inebrii a volutta.

성공을 향해 도전하는 친구의 모습을 보니
흥겨운 오페라의 한 소절이 떠올랐다.
들썩이는 어깨와 성공을 축하하는
건배는 옵션이다.
"우리는 기쁨의 잔을 들고 건배하자,
아름다움이 꽃피는 순간에!"

남다른 놈 (2)

♪ 영화 록키 OST
 - Survivor(Eye of the Tiger)

내 친구 중에는 남다른 놈이 하나 더 있다. 이 친구의 남다름은 준비성에서 나온다. 친구는 시장에서 부모님의 장사를 도우면서도 공부를 열심히 해서 치과의사가 되었다. 품성이 워낙 좋은 친구라 의사가 되어도 의술에 품성이 그대로 묻어 나오는 좋은 친구다. 1년에 정기적인 구강검진을 위해 방문하면 치위생사분께서 정성이 듬뿍 담긴 스케일링을 선사해 준다. 뭐, 피가 좀 많이 나긴 하지만 관리도 훌륭히 해 주고, 치과 치료비도 대폭 줄어 좋다.

진료를 마치고 원장실에서 간단한 이야기를 나누고 본격적인 밀린 이야기는 식사를 하면서 하기로 하고 자리를 옮겼다. 식당에서 이야기 중간에 핸드폰 화면을 열어 자격증을 찍은 사진을 보여 주면서 친구가 말했다.

"나 한식, 중식 자격증 땄어. 일식은 떨어졌는데 다시 시험 봐야 해."

"뭐? 조리사 자격증을 땄다고?"

친구는 쑥스러운 듯 말했지만 말 속에서 내심 뿌듯함이 느껴졌다.

"야, 멋지다. 언제부터 준비한 거야?"

"꽤 되었지. 치과 의사는 손이 정밀해야 해서 어느 정도의 나이가 되면 은퇴 준비를 해야 해. 나이 든 의사를 싫어하는 것도 있고 그래서 준비한 거야."

일반인들이 생각하기에 의사들은 멋진 차, 좋은 집과 함께 여유로운 삶을 누릴 것 같지만 현실의 개원 의사는 지옥 같은 시장 경쟁에서 매일 전투를 치러야 한다고 했다. 매일같이 마주 보는 동문인 의사가 하루 아침에 가격 때문에 원수가 되는 참 치열한 세계다.

친구는 조리사가 되기 위해서 자격증을 딴 것이 아니고 자신이 좋아하는 캠핑에 적용하기 위함이라고 했다. 은퇴 후 작은 캠핑장을 운영하면서 본인이 만든 맛있는 밀키트를 선보이고 싶다는 것이다. 난 친구의 꿈이 머지않아 이루어질 것이라고 생각한다.

맛있는 식사를 하면서 친구의 꿈에 동화(同化)되어 나도 멋진 꿈을 상상해 본다. 나 또한 너희들에게 남다른 놈으로 남아야겠다!

"나는 매번 스케일링을 받고 매콤하거나 뜨거운 음식을 먹게 되네."

"괜찮아."

"뭐가 괜찮아? 따가운데."

사실 스케일링 받고 매콤하거나 뜨거운 것은 피해야 한다.

Survivor(Eye of the Tiger)
영화 록키 OST

▶

It's the eye of the tiger
It's the thrill of the fight
Risin' up to the challenge
of our rival
And the last known survivor

어려운 환경을 극복하고
자신의 일에 최선을 다하며 미래를 위해
하나하나 준비하는 친구의 멋진 모습이
록키와 오버랩 되어 떠올랐다.

10월의 어느 멋진 날

♪ 김동규 - 10월의 어느 멋진 날에

동창들과 모여서 식사를 하는 중에 베트남으로 멋진 여행을 하자는 의견이 나와서 우리는 실행에 옮기기 전에 만반(萬般)의 준비를 하기로 했다. 우선 6개월 정도 장기 계획을 세우고 아내를 잘 설득하기로 했다. 원래 하던 일이지만 음식물, 분리수거, 아이들과 놀아 주기 등을 몇 배로 열심히 해서 아내의 심기를 부드럽게 만드는 식으로 말이다. 그래서 6개월간 각종 회식에도 최대한 불참했다.

총무였던 나는 여행 준비 전반(全般)을 맡게 되었고, 난 한 달 동안 열심히 베트남 하노이 여행을 입시 공부하듯 준비했다. 사실 남자들끼리 여행을 간다고 하니 주변에서 부러움과 걱정이 쏟아졌다.

"어떻게 남자들끼리 여행을 보내 준대?"

걱정하듯 물어보는 사람이 의외로 많았다.

"다들 평상시에 뭐 하고 다닌 거예요? 여행 하나 못 가고 말이야."

어깨가 으쓱하면서 왠지 힘이 들어간다. 이러한 주변 반응 때문에 더욱 철저하게 준비했다. 여행 당일 공항에 모인 우리들은 서로를 바라보며 6개월 동안 묵묵히 가정과 직장에 충성한 것이 떠올라

감격 어린 미소를 지었다.

여행 전날 밤, 나는 친구들에게 장문의 문자 메시지를 보냈다. 친구들 모두가 행복한 여행을 위해 서로를 위해 지켜줘야 할 것을 부탁하기 위해서였다. 내용을 요약하자면 이러했다.

① **내가 설계한 여행 스케줄에 동참할 것**
   (마지막 날은 자유 시간 제공)
② **서로의 감정을 상하게 하는 말을 절대 하지 말 것**
③ **여행을 진심으로 즐길 것**

우리의 멋진 여행은 이렇게 시작되었다. 베트남 하노이에 도착해 우리는 유명한 콩카페에서 아이스 코코넛커피로 갈증을 날리고 백종원 씨가 투어했던 맛집을 찾아다녔다. 난 여행의 묘미 중 하나가 현지 음식이라고 생각한다. 왜냐하면 그 나라를 조금씩 알아가는 데 음식만큼 중요한 건 없기 때문이다.

우리는 더운 날씨에 땀을 흘리며 길거리에서 반미(베트남식 바케트빵)를 하나씩 들고서 시원한 콜라를 마시며 로컬의 정취에 흠뻑 빠졌다. 저녁에는 왁자지껄한 맥주거리에서 시원한 베트남 맥주와 해산물 안주를 즐겼다. 해가 떨어질 때까지 일정을 빽빽하게 만들어 놓았지만 모두 즐겁게 따라 주었고, 어느새 우리의 여행이 마지막을 향해 가고 있었다.

호수처럼 잔잔한 바다 위에 떠 있는 키세스(kisses) 초콜릿처럼 생긴 무수한 섬들 사이로 우리가 탄 배가 유유히 지나가고 있었다. 남다른 놈 (2) 친구가 김동규의 '10월의 어느 멋진 날에'라는 음악을 틀었고, 바닷바람을 맞으며 모두가 눈을 감고 행복한 이 순간을 즐겼다.

여행에서 돌아오니 똑같은 삶이 우리를 기다리고는 있었지만, 이렇게 삶을 풍성하게 해 줄 좋은 친구들이 있다니 참 행복하다는 생각이 들었다. 멋지게 나온 사진을 친구들에게 액자로 만들어 택배로 보내 준 뒤로 가끔씩 사진을 들여다보면서 웃곤 한다.

사람은 앞만 바라보면서 바로 갈 수 없다. 허리도 펴고 뒤도 돌아보고 가야 몸도 마음도 앞으로 갈 수 있는 힘을 얻는다. 삶을 함께하는 친구들과 멀리는 아니더라도 멋진 추억을 만들어 보기를 꼭 추천한다.

남다른 놈 (1)이 말했다.

"친구들과 함께일 때가 가장 행복하다!"

비행기 에피소드

난 사실 비행기 공포증이 있다. 심각한 정도는 아니지만 비행기를 타면 불안감 때문에 말이 없어지고 음식을 잘 먹지 못한다. 베트남으로 향하는 비행기에서 남다른 놈 (2)의 치과 의사와 함께 나란히 앉았는데 이상하게 심적으로 편해서 이야기했다.

"의사인 네가 옆에 있으니까 왠지 마음이 편해."

"뭔 소리야? 나 치과 의사야."

서로 마주 보며 한참을 하하하 웃었다.

10월의 어느 멋진 날에

김동규

▶

살아가는 이유
꿈을 꾸는 이유
모두가 너라는 걸
네가 있는 세상 살아가는 동안
더 좋은 것은 없을 거야

10월 베트남 여행의 마지막을
더욱 풍성하게 만든 음악이었다.
지금도 석양이 내리는 하롱베이의
멋진 풍경이 눈앞을 스친다.
그날 찍은 사진을 첨부해 본다.

MBTI

♪ 짐 크로스 - Time in a bottle

차가 막히는 퇴근길에 친구에게 전화 한 통이 걸려왔다.

"어, 오랜만이야. 어쩐 일로?"

"너 MBTI 알고 있어?"

"MBTI? 어, 잘 알고 있지. 난 ENFJ(엔프제)야. 근데 왜?"

"와, 알고 있었구나. 나만 몰랐네……."

친구가 힘없이 말했다. 요지는 이랬다. 친구는 건축과 관련된 회사에 관리자로 근무 중인데 식사 중에 직원들이 MBTI에 관한 이야기를 나누는데 자기만 못 알아들었다는 것이다. 그래서 친구는 급하게 MBTI 테스트를 해서 결과를 알아보았다고 했다.

MBTI를 꼭 알아야 하는 것은 아니지만, 예전에 유행했던 혈액형 특성과는 달리 많은 데이터를 기반으로 만들어졌기 때문에 사람의 기본적인 성향을 알 수 있는 참고 자료라 생각하면 좋을 것 같다. MZ 세대들은 MBTI를 다양한 관점과 문화에 접목해서 자기의 성향을 파악하거나 동영상 콘텐츠를 만들어 MBTI별 궁합뿐만 아니라 연애 등에도 접목해서 다양한 문화를 만들어 간다.

"그래서 넌 MBTI가 뭐 나왔는데?"

친구에게 물었다.

"나도 ENFJ가 나왔어, 하하하."

친구는 나와 같은 성향으로 나왔는데 ENFJ 성향이 세상에 2.5%만 존재하는 특별한 성향이라며 신기해했다. 나는 친구에게 우리의 성향에 대해서 쉽고 재미있게 표현해 주기로 했다.

"우리 성향은 말야, 예전 조선시대에 태어났으면 사람을 잘 설득하니 모아서 일 좀 벌였을 거야. 그리고 감성이 풍부해서 뜻을 이룬 후에 짐 하나 짊어지고 속세를 떠나겠지. 어때? 비슷하지?"

나의 말도 안 되는 이야기에 친구는 크게 웃었다. 친구와 MBTI 성향이 꼭 같아서만은 아니겠지만, 이래서 같은 음악을 좋아하고 여행을 즐기며 배려 넘치는 따뜻한 마음까지 35년이 넘게 변함없는 좋은 친구로 지내고 있나 보다.

친구만이 아니라 다른 사람들도 무엇을 알아 가는 것에 대한 두려움을 버려두면 좋겠다. 전자기기가 나오기 전에는 생각도 못했던 삐삐(pager) 그리고 PCS를 지나, 지금의 최신 휴대폰까지 빠른 변화를 우리는 자연스럽게 받아들이고 살아왔다.

그런데 MBTI 같은 새로운 문화가 젊은이들의 전유물이라고 생각할 때 우리는 자연스럽게 사회에서 도태(淘汰)될 것이다. 마음을 열고 새로운 것을 즐겁게 받아들이는 것 또한 사람이 가진 큰 장점이 아닌가 생각해 본다. MBTI 검사는 10분도 걸리지 않으니 한번 시도해 보길 바란다.

MBTI란 무엇일까?

마이어스(Myers)와 브릭스(Briggs)가 만든 자기 보고 형식 성격 유형검사이다. 간단하게 에너지를 크게 외향(Extrovertion)과 내향(Introvertion)으로 구분하고 여러 유형으로 세분화된 감각 분포를 분리해서 검사하게 된다. 맹신하지는 말되 성향을 이해하는 데 필요한 참고 사항으로 기억하면 더욱 좋을 것 같다.

최근 친구와 만나 커피숍에서 대화를 나누었는데, 외국 여행을 가기 한 달 전부터 여행 계획을 짜기 위해 상세하게 공부하면서 준비했다는 이야기를 들으면서 나와 성향이 너무 같아서 거울을 보는 듯했다. MBTI 덕분에 친구와 나의 보이지 않는 연결 고리를 찾은 것 같다.

Time in a bottle
짐 크로스

▶

If I could save time in a bottle
The first thing that I'd like to do
Is to save every day 'til eternity
passes away
just to spend them with you

어린 시절 정말 좋아해서 친구와 자주
들었던 곡이다. 당시 가사의 뜻은
정확하게 잘 몰랐지만 멋지다는 느낌에
가사를 달달 외워서 불렀다. 세상모르고
순수했던 그 시절이 그리워진다.

서약

♪ 한동준 – 사랑의 서약

어제 집으로 오는 길에 라디오 방송에서 한동준의 '사랑의 서약'이라는 노래가 흘러나왔다.

> 그토록 바라던 시간이 왔어요.
> 모든 사람의 축복에 사랑의 서약을 하고 있죠.
> 세월이 흘러서 병들고 지칠 때⋯⋯.

예전도 그렇고 지금도 결혼식장에서 축가로 사랑받는 노래다. 이 노래 가사에는 인생 자체가 담겨 있어서 들을 때마다 가슴이 뭉클하다.

뉴스에서 결혼이 늦어지고 비혼주의가 늘어 가는 현 세태를 걱정하는 기사가 자주 등장하곤 한다. 예전에는 독신주의라는 말을 사용했는데 최근 비혼주의라는 단어가 새롭게 등장했다. 단어 뜻으로만 분석해 보자면 독신주의는 결혼 생각이 전혀 없이 오직 자신만을 위해 살아가겠다는 것이고, 비혼주의는 결혼하지 않은 상태를 말하며, 결혼에 관하여서는 독신주의보다는 좀 더 열려 있다고 볼 수 있다.

　비혼주의가 늘어 가는 이유에 대해서는 단순히 MZ 세대의 특징이라는 하나의 원인으로만 특정하기에 많은 무리가 있다. 여기에는 여러 가지 문제가 얽혀 있어 이유를 찾기 위해서는 우리 사회 전반을 들여다봐야 한다. 비혼주의가 될 수밖에 없는 환경을 만들고 있는 국가와 현실과는 따로 노는 복지 정책, 경제 침체, 미래에 대한 불확실성 등 다양한 원인이 복합(複合)적으로 맞물려 결혼의 시기를 늦추고, 나아가서는 비혼이라는 결정을 내리는 데큰 영향을 미친다고 생각한다.

　많은 전문가들조차 미래 상황에 대해서 어느 누구도 정확하게 예측하지 못하고 있다. 코로나 바이러스 같은 상상하지 못했던 질병이 온 것처럼 저자는 미래 연구가가 아니니 이 같은 복잡한 상황에 대해서 데이터를 기반으로 이야기할 수는 없다. 하지만 살아온 경험을 바탕으로 할 때, 정말 앞으로의 미래는 예측이 불가할 정도로 불확실하다는 것은 알 수 있다.

　최근 나온 '핵개인'이라는 표현이 있다. 주체성을 가지고 혼자서 살고 싶어 하는 삶을 지칭하는 표현이다. 극단적인 표현이 무섭기는 하다. 하지만 개인적으로는 이러한 변화 끝에는 결국 홀로 서는 핵개인이 아닌 상호의존하며 살아가는 인류의 기본적인 가치가 유지될 것이라 생각한다.

　결혼을 하는가 안 하는가, 못하는가의 문제가 아니다. 결혼이 우리 사회에 미치는 영향을 고려할 때, 기존 제도가 아닌 다른 형태로라도 결혼 생활은 분명히 생겨날 것이라는 게 나의 생각이다. 지금의 과도기를 잘 넘어간다면 전통적인 결혼관에 대해서 부정하는 것이 아닌, 가족이라는 소규모 유대관계는 유지하면서 불필요한 걸림돌은 점점 제거되는 형태로 결혼이라는 제도가 변화할 것이라 생각한다.

사랑의 서약

한동준

▶

우리들의 약속은 언제나
변함없다는 것을 믿나요
힘든 날도 있겠죠 하지만 후회 없어요
저 하늘이 부르는 그 날까지
사랑만 가득하다는 것을 믿어요

결혼 생활이 무미건조해졌다는
생각이 든다면 결혼의 의미를 다시 한번
생각해 봐야 한다. 서로 다른 두 사람이 만나
부부가 되는 것인 만큼, 각자가 다름을
알아 가고 인정하는 과정의 연속이다.
쉽지 않다는 말이다.

전화

♪ 조영남 - 모란 동백

우리는 부모님께 일주일에 몇 번의 연락을 드리고 있을까? 우리는 바쁘다는 이유로 부모님과 연락을 자주 하지 않는다. 그리고 같은 이유로 명절과 같은 공식적인 날에만 찾아뵙기도 한다. 사실 몇십 년이 지나면 우리도 모두 백발이 성성한 노인이 되어 있을 것이다. 일부 사람은 70세가 되기 전에 온갖 이유로 세상을 먼저 떠날 수도 있다. 그럼 우리에게 남은 시간은 얼마일까? 빠르게 흐르는 우리의 시간만큼 부모님의 시간도 빨리 흐른다. 아무 생각 없이 살아가다 문득 되돌아보면 어느새 부모님은 뒤에 안 계실지도 모른다.

물질적으로 풍요롭지 않은 내가 가장 잘할 수 있는 것은 전화를 자주 드리는 것이다. 아직도 현역으로 일을 하시는 어머니와 법무사 일을 53년간 하시고 은퇴 후 프리랜서로 일하시는 아버지는 전화를 드릴 때마다 좋아하신다. 별일은 아니어도 안부를 묻거나 일상에서 일어난 간단한 헤프닝 등을 이야기하고 함께 웃기도 한다. 물론 부모님이 일하시는 과정에 생겨나는 재미있고 힘든 이야기를 들어드릴 때도 있다. 전화 통화의 효도 금액은 무료이다. 누구나 할 수 있고, 자주 하다 보면 부모님이 친구처럼 편하게 느껴질 때도 있다.

부모님께 전화를 자주 드리게 된 계기가 있다. 사춘기 아이들과
의 전화 통화가 가져온 변화를 몸소 체험하면서 우리의 부모님은 우
리의 전화를 항상 기다리고 계실지 모른다는 생각이 들었다.

"어머니, 아버지, 잘 지내시죠? 생각나서 전화드렸어요, 불편한
것 없으시죠?" 하고 간단한 안부를 묻는 단순한 내용이지만, 그분들
은 우리의 건강한 목소리를 항상 기다리고 계셨을지 모른다. 지금
전화를 걸어 보길 바란다. 짧아도 괜찮다. 기다렸다는 듯이 기쁘게
받으실 테니 말이다.

모란 동백

조영남

▶

세상은 바람 불고 고달파라
나 어느 변방에 떠-돌다 떠돌다
어느 나무 그늘에
고요히 고요히 잠든다 해도
또 한 번 모란이 필 때까지
나를 잊지 말아요

부모님이 너무 좋아하셔서 선택한
음악이다. 우리는 부모님이 좋아하시는
음악을 알고 있을까?

2부

추억과 현실

격려(激勵)

♪ 인순이 – 거위의 꿈

　직장에서 우리에게 자재를 납품하는 영업 직원을 통해 거래처 대표가 자금 압박을 견디지 못하고 생을 마감했다는 이야기를 전해 들었다. 그 직원은 회수해야 하는 미수금 문제로 힘들다며 고충을 털어놨다.

　요즘은 스스로 생을 놓았다는 이야기를 자주 듣게 된다. 왜 그런 선택을 했을까? 따뜻한 격려가 있었다면 막을 수 있지 않았을까? 참 어려운 일이 아닌데 우리는 평상시에도 차가운 말투, 무관심, 냉소적인 태도로 사람들을 대하고 있지 않은지 돌아봐야 한다. 따뜻한 격려의 말 한마디가 어려운 세상……. 사랑하는 사람과 친구에게 지인들에게 말해 주었으면 좋겠다. 괜찮다고, 이겨 낼 수 있다고. 혼자 가슴앓이하다 격려의 말 한마디 듣지 못하고 떠난 사람들을 생각하니 내 일처럼 하루 종일 마음이 무겁다.

거위의 꿈
인순이

─────────○─────────

▶

그래요 난 난 꿈이 있어요
그 꿈을 믿어요 나를 지켜봐요
저 차갑게 서 있는 운명이란 벽앞에
당당히 마주칠 수 있어요
언젠가 난 그 벽을 넘고서
저 하늘을 높이 날을 수 있어요

불경기로 모든 사람들이 힘들어졌다.
지나는 사람들의 얼굴 속에서 느껴지는
어려움을 말하지 않아도 알게 된다.
모두가 어려운 이 시기를 잘 극복하기를
마음속으로 기도한다.

딸과 아빠

♪ 양현경 - 아빠와 크레파스

　카톡에 업데이트된 프로필 사진을 보다가 우연히 친구의 멋진 사진 한 장을 발견했다. 초등학생 딸과 아빠가 함께 크로아티아 두브로브니크(Dubrovnik) 언덕에서 아드리아해(지중해)를 내려다보는 사진이었다.

　"아! 진짜 멋지다."

　부러움에 나도 몰래 탄식이 터져 나왔다. '세계테마기행'을 워낙 좋아해서 크로아티아 편을 몇 번이나 시청했기에 그곳이 멋진 주황색 지붕을 가진 두브로브니크임을 한눈에 알아볼 수 있었다.

　"한참 연락이 없더니 멀리 여행을 다녀왔구나."

　나중에 모임에서 친구와 함께 모닥불 앞에서 불멍을 하면서 사진의 뒷이야기를 들을 수 있었다. 친구는 사춘기로 막 접어드는 시기인 딸이 조금씩 멀어지려고 해서 아이와 특별한 추억을 만들어 보려고 유럽 여행을 계획했다고 한다. 엄마의 손길을 벗어난 적 없는 딸과 아빠 둘이서 떠나는 여행이었기에 아이도 아빠도 걱정이 되었다고 한다. 하지만 여행을 떠나면 둘이서 여행 기간 내내 의지하고 상의하고 힘을 합쳐서 다녀야 하기에 분명 여행 의미 이상의 것을 경험하게 될 것이었다. 그래서 친구는 여행지 코스를 아이가 먼저 확인하고 가고 싶은 곳을 찾아볼 수 있도록 아이에게 시간을 주었다고 한다. 이 여행을 아이의 눈높이에 맞추어 계획하기를 원했기 때문이다.

걱정과 달리 여행 기간 동안 친구와 딸은 너무나 즐겁게 시간을 보냈고 많은 추억을 남기고 돌아왔다고 한다. 그 여행이 부녀간에 속마음을 나누고 서로를 이해하는 뜻깊은 시간이 된 것이 확실하다.

지금은 벌써 그 딸아이가 고등학교 3학년생이 되었고 그때의 여행이 자기에게도 추억과 큰 의미가 되는 인생 여행이었다고 웃으며 이야기하는 친구는 가슴이 뭉클했다고 말하며 웃었다.

프로필 사진 한 장에 담긴 이야기는 너무나도 멋있어서 진심으로 부러웠다. 집에 돌아와 잠든 우리 딸의 얼굴을 보면서 나도 멋진 곳을 함께 여행하는 아빠가 되고 싶다는 생각이 들었다.

아빠와 크레파스

양현경

▶

어젯밤에 우리 아빠가
다정하신 모습으로
한손에는 크레파스를
사가지고 오셨어요

이 노래를 아는 세대라면 천진난만한
시절을 떠올리게 될 것이다.
지금에 맞게 각색해 본다면 제목은
아빠와 아이패드가 되겠지만 말이다.

캠핑

♪ 여행스케치 – 별이 진다네

'캠핑'이라는 단어만 들어도 벌써 따뜻한 불빛과 고기 굽는 냄새가 느껴진다. 아마도 기억하기에 2008년도부터 붐이 일어났던 것 같다. 우리집의 캠핑의 시작은 남다른 출발이라 이야기해 보려고 한다.

당시 22층 아파트에 살았는데 몇 개월간 층간 소음으로 스트레스가 누적되어서 폭발하기 일보 직전인 상태였다. 와이프에게 걱정 말라고 이야기하고 위층으로 찾아가 위층 남자에게 나와서 이야기 좀 하자고 했다. 죄송하다고 연신 고개를 숙이는 그 남자와 통성명을 하고 호구조사를 시작했는데 동네가 좁은지 친한 친구의 동생의 동창이었다. 와이프들은 동갑이었고 아이들도 나이가 비슷했다. 그동안 소음으로 고생하셨다면서 위층 가족이 우리 가족을 식사에 초대했고, 맛있는 음식을 나누어 먹으면서 우리는 더욱 가까워졌다. 이때부터는 층간소음은 아무런 문제가 없었다. 있어도 참아야 했다.

하루는 윗집 아빠가 물었다.

"형님, 캠핑 다니세요?"

"아니, 초등학교 시절과 이십 대 초반에 다닌 기억이 전부야."

"에이, 그때랑 달라요. 저희랑 한번 같이 가요. 형님네 식구 잘 텐 트만 있으면 됩니다."

같이 캠핑장을 갈 약속을 잡고 부랴부랴 아는 곳을 수소문해 텐 트를 하나 장만했다. 떠나기 전날 아이들도 모두 들떠서 잠을 이루 지 못했다. 다음 날 캠핑장에서 본 후배의 장비는 대단했다. 어떻게 모두 차량에 실었는지 캠핑 장비가 끝없이 나왔다. 날씨도 꽤 더웠 고 장비 세팅을 하는 데만 두어 시간을 소비한 것 같았다. 시원한 음 료수를 마시며 장비의 소개가 이어졌다.

"형님, 이 텐트는 S사 거고요, 저거는……."

처음 듣는 일본 메이커였는데 가격도 대단했다. 텐트가 몇백만 원이라니……. 전부를 다 사려면 천만 원이 넘는 자금이 필요해 보 였다. 숯을 대신한다는 챠콜의 놀라운 화력에 나는 마치 무엇에 홀 린 사람처럼 화로대 위에서 구워지는 달콤한 돼지갈비에 연신 엄지 를 내세웠다. 물가에서 뛰노는 아이들의 즐거운 모습과 불멍. 바로 이것이 진정한 캠핑이라는 생각이 들었다.

꿈같은 캠핑을 마치고 돌아와 우리도 중고로 S사의 텐트를 구입 하고 캠핑의 세계에 입문했다. 구입해야 할 품목이 많았지만 캠핑 이 주는 즐거움이 강렬해서 어서 또 떠나고 싶은 마음뿐이었다. 도 심을 벗어나 아름다운 자연에서 물놀이와 맛있는 음식들. 그리고 좋 은 사람들과 함께하는 그 시간과 별빛이 쏟아지는 밤에 스트레스를 날리는 불멍으로 이어지는 코스는 지금 생각해도 참 재미있었고 즐 거운 시간이었다.

그러나 시간이 지날수록 아이들은 커져 갔고, 갈 때마다 산더미

같은 장비 테트리스를 하는 열정도 점점 식어 갔다. 캠핑의 횟수는 줄어들고 편한 펜션과 리조트를 찾기 시작했다. 지금은 집안 구석 한쪽에 캠핑 장비들이 덩그러니 짐으로 쌓여 있지만, 아이들이 더 자라면 혼자만의 캠핑을 다녀 볼까 고민 중이다. 뒤돌아보면 그 시기에 만들 수 있는 추억이 있는 것 같다. 아름다운 추억은 현재의 삶을 살아가는 데 커다란 힘이 된다. 즐거웠던 캠핑의 추억을 더듬어 하루 종일 기분이 좋았던 하루였다.

별이 진다네

여행스케치

▶

어제는 별이 졌다네
나의 가슴이 무너졌네
별은 그저 별일 뿐이야
모두들 내게 말하지만
오늘도 별이 진다네
아름다운 나의 별 하나

나의 절친 ENFJ 친구와 이십 대 초반에
여행을 다니면서 아무도 없는
강원도 홍천 강가에서 별을 보면서
목청 크게 노래 불렀다.

자동차와 나

♪ **거북이 - 비행기**

한마디로 정의하자면 나는 자동차를 30년 동안 사랑한 사람이다. PC통신 시절(하이텔, 천리안, 나우누리)부터 자동차 동호회 활동을 했으니 자동차 문화의 전성기를 보아온 1세대라고 보아도 과언이 아니겠다. 요즘 인기 있는 자동차 칼럼 유튜버와 비슷하다고 생각하면 될 것이다. 그만큼 남들보다 조금 더 일찍 자동차 문화를 받아들였다고 생각한다. 그래서 기초적인 자동차 지식이 있는 것은 기본이고, 남다른 운전 실력으로 주변의 친구나 지인들의 운전 실력 향상에 커다란 도움을 주었다.

아침에 출근 시간이 한 시간 정도 소요되는데 도로 위의 각양각색인 운전자들을 보면서 운전 문화가 바뀌어야 한다고 생각이 들었다. 너무 쉽게 취득할 수 있는 면허로 인해서 운전이나 차에 대한 기초 지식이 부족해서 안하무인처럼 운전하는 사람이 너무 많아졌기 때문이다. 예전 면허 취득은 정말 어려웠다. 1종 면허의 경우 S자 후진이 악명 높았는데 95명의 수험자 중 5명만 합격할 정도로 난이도가 높았다. 그 어려운 시험에서 단번에 합격한 나는 불합격자들의 부러움을 한눈에 받기도 했다.

자동차에 대한 관심과 운전에 영향을 주신 분은 아버지이다. 당시 수동 차량을 멋지게 운전하시던 아버지는 지금의 내비게이션을 능가할 만큼 길눈이 밝았고 운전 매너가 좋으셨다. 75세가 넘으신 지금도 운전을 무척 잘하신다. 아버지가 운전하시던 당시 자동차 문화를 기억해 보면 차량을 양보하고, 비상등 대신 손을 들어 상대방에게 고마움을 표시했다. 반대 차선에 경찰이 있거나 위험을 감지했을 때는 쌍라이트(상향등)를 켜서 주의를 주면서 서로가 운전에 도움을 주었다.

현재는 고마움이나 양보에 손을 들어 표현하는 것이 무척 인색하고, 상향등 한번 잘못 비추면 크게 싸움으로까지 번지니 바뀌어도 많이 바뀌었다. 차량이 늘어난 것도 이유이겠지만 공익 광고의 한 장면처럼 얌전한 사람도 핸들만 잡으면 난폭하게 변하는 분노 조절이 안 되는 문제도 크다. 조급하고, 공격적인 운전으로 구속까지 되는 사례가 많아 사회적인 문제가 되곤 한다.

지금은 출퇴근 거리가 꽤 있어서 연비가 좋은 차량을 타고 다니는데 아무래도 연비에 초점을 맞춘 차량이라 개인적인 취향과는 무척 멀어졌다. 시동을 켜고 가장 좋아하는 93.9채널을 틀고 커피 한 잔을 마시면서 천천히 운전을 시작한다. 여유 있게 나왔으니 급할 것 없고 또 아름다운 음악과 함께하니 출근길이긴 하지만 멋진 드라이브 코스가 된다. 이렇게 여유 있게 운전하는 것은 사고와 과태료 등과도 멀어지도록 해 주니 정말 좋은 습관이라 할 수 있다. 운전도 삶도 마음의 여유가 최고인 듯하다.

비행기

거북이

──────○──────

▶

파란 하늘위로 훨훨 날아가겠죠
어려서 꿈꾸었던 비행기 타고
기다리는 동안 아무말도 못해요
내 생각 말할 순 없어요

카 오디오가 유행이었을 당시,
직접 작업해서 올린 12인치 우퍼에서
단단하게 울리며 나오는 이 곡의
베이스 사운드가 아주 압권이었다.
모 자동차 잡지에 등장한 리즈 시절의 나는
사진 왼쪽에서 두 번째에 있다.

말 (1)

♪ 폴 앵카 – Crazy Love

　"가는 말이 고와야 오는 말도 곱다." "말이 입힌 상처는 칼이 입힌 상처보다 크다." 등 언행에 중요성을 말해 주는 각 나라의 속담을 보면 말의 중요성과 무서움을 다시 한번 생각해 보게 된다. 우리들은 말로써 생각과 의견을 공유하지만 반대로 서로 싸우고 상처를 입히기도 한다. 말은 휘두르는 목적에 따라 활인(活人)이 되기도, 살인(殺人)이 되기도 하는 날카로운 양날의 검 같다.

　최근 들어 은퇴한 아버지와 대화를 자주 할 수 있는 기회가 많아졌다. 주로 나누는 화제는 사회, 경제 이야기 등 아버지와 아들이 평범하게 나눌 수 있는 것들이다. 그런데 정치에 관련된 이야기가 나오면 아버지는 다른 분으로 돌변하기 시작한다. 평상시에는 점잖게 말하시는 분인데 정치를 주제로 말할 때는 정치인들을 욕하거나 비방하고 유튜브에 나오는 수준 미달의 가짜 영상을 자주 언급하신다. 한 번은 정치 이야기를 하다가 아버지와 크게 다툰 적이 있는데, 싸움의 원인은 간단했다. 가족들이 있을 때 뉴스에 나오는 정치인들에게 욕을 하지 않았으면 좋겠다고 말씀드렸다가 싸움이 시작된 것이다.

아버지와 다투지 않으려면 어떻게 해야 할까. 우선 아버지 세대 (1947~1955)에 대한 이해가 필요하다. 이 세대는 한국전쟁 직전이나 이후에 출생해서 커다란 고난을 극복하고 우리나라 경제의 기틀을 마련한 1세대이다. 배고픔과 지독한 근검으로 어려움을 이겨 내고 자식 교육에 아낌없는 투자를 했던 세대이기도 하다. 그런 아버지와 다툰 후 마음이 불편해서 죄송하다고 마음을 풀어 드렸는데 한 가지 의문이 남고 말았다. 아버지는 정치 이야기를 하면서 왜 화가 많아지신 것일까? 물론 부모 자식 간이라고 해도 정치적 성향이나 신념이 다를 수 있다. 하지만 아버지의 화는 그것과는 다른 문제가 원인인 것 같았다. 사회와 자신의 상황에 화가 나 있는 듯했다. 그 화는 본인 뜻과는 다른 말로 튀어나와 다른 사람에게 상처를 준다.

보수적인 성향을 가진 아버지 세대를 100퍼센트 이해하기는 어렵다. 이 세대는 유교 사상과 보수적인 면이 강해서, 개방적 성향이 강한 우리 세대와는 많이 다르다. 저녁에 커피 한 잔을 마시면서 아버지에게 조심스럽게 말을 꺼냈다

"아버지, 드릴 말씀이 있어요."

가족들이 있을 때 정치적인 신념이 다를 수 있으므로 욕을 자제해 주시고 정치적인 이야기는 좀 피했으면 좋겠다고 이야기드렸다. 또한 입에서 나오는 거친 언어가 아버지가 만들어 온 점잖고 훌륭한 인품에 어울리지 않고, 그러한 말이 화를 부른다고 말이다. 아버지는 한참 고민을 하시더니, "이제는 정치에 관한 이야기를 조심하마." 하고 머쓱하신지 짧게 말씀하고는 본인의 방으로 들어가셨다.

우리나라의 경제적 기틀을 만들고자 자신의 분야에서 최선을 다한 세대. 그러한 세대를 이해하지 못한 채 그저 소통이 안 되는 사람들이라고 비하하기에는 그분들의 살아온 열정과 노력이 평가절하되는 것 같다. 기존의 세대를 이해하고 감싸 앉는 것도 우리들의 몫이며, 우리가 앞으로 나아가야 방향 중에 하나일 것이다. 입에서 나오는 한마디의 말은 어떠한 결과로 다가올지 모르니 조심하고 숙고해야 한다.

"아버지, 사랑합니다."

Crazy Love

폴 앵카

▶

Oh my crazy love
Everything's wrong heaven above
Set me free from this crazy love
Dont, dont, dont, dont you see
What you are doing to me

아버지가 평상시에 기분이 좋으시면
휘파람으로 부르는 곡이다.
오래 듣다 보니 너무 익숙하다.

말 (2)

♪ 악동 뮤지션 - LOVE LEE

　보이는 것이 전부는 아니다. 우선 오해했던 악뮤 이찬혁에게 미안하다고 전하고 싶다. 난 오래전부터 악뮤(악동 뮤지션)의 노래를 무척 좋아했다. 하지만 이찬혁의 행보는 그닥 좋아 보이지 않았다. 개구쟁이 같은 면도 그렇지만 방송에서 허세 가득하게 비춰지는 모습은 더 싫었다. 살아온 환경을 극복한 멋진 노래 가사를 쓰는 것은 맘에 들었지만 빅뱅의 GD를 따라하는 듯한 모습은 좋아 보이지는 않았다. 그러더니 해병대 전역 이후 방송에 나와 "힙합은 안 멋져!"를 외치며 많은 랩퍼들과 약간의 신경전도 있었다. 물론 해프닝으로 끝나긴 했다. 그런 모습을 보면서 역시 초심을 잃어 가는구나 하는 생각이 들곤 했다.

　괜한 걱정이었다. 한 방송에 나와서 엄마와 데이트를 하던 장면을 보게 되었다. 엄마와 다정하게 팔짱을 끼고서 어깨동무를 하고, 엄마와 대화하는 이찬혁의 말투가 너무 의외였다. 카메라가 비추어진다고 일부러 몇 마디 하는 것과 달리 그가 엄마에게 하는 말은 진심으로 다가왔기 때문이다. 부드럽고 사랑을 담은 말 한마디 한마디가 나의 오해를 무너뜨리고 있었다. 나를 낳아서 길러 주신 부모님을 사랑하는 맘이 담긴 말은 참 아름답기까지 하다.

우리 집 아이들도 그렇고, 요즘 아이들이 대부분 부모에게 애매한 말투를 사용한다. 친구처럼 편하게 들릴 수도 있겠지만, 상황이나 사람에 따라 듣기에 불편함을 느끼게 할 수도 있다. 최근에는 말로 시작된 시비가 끊이지 않고 나쁜 사건들도 가득하다. 사람에 대한 기본적인 존경과 진심 어린 말이 정말로 필요한 시기다. 사랑하는 부모님에 대한 아름다운 말, 존경하는 선생님의 대한 아름다운 말, 직장 상사나 후배를 대하는 아름다운 말이 서로 오고 갈 때 세대 간 갈등이 줄어들고 관계도 더욱 단단해질 것이다. 우리는 매일 많은 사람들과 말을 주고받고 있다. 설득도 하고 싸움도 하며 사랑도한다. 나의 인격이 잔뜩 묻어 있는 말을 더욱더욱 다듬고 다듬어서 둥글게 이야기했으면 좋겠다.

LOVE LEE

악동 뮤지션

▶

So lovely day so lovely
Errday with you so lovely
Du durudu durudu du durudu
Spell L.o.v.e.L.e.e
이름만 불러도 you can feel me

동생 이수현을 위해 2023년에
이찬혁이 만든 곡으로,
악뮤만의 색깔이 느껴지는 곡이다.
아름다운 수현의 목소리가 더 돋보인다.
이것은 오빠의 배려인 듯하다.

내비게이션

♪ 박정현 – 미아

비슷한 연배의 분들이면 기억하고 있을 것 같다. 내비게이션이 먼저 나오기 전에 단속 카메라 위치를 경고해 주는 수호천사라는 제품이 등장했다. 그 당시 GPS에 대한 이해가 없어서 단속 카메라 근처에 센서를 묻어서 경고소리가 나온다고 믿는 사람들도 꽤 많았다. 지금 생각해 보면 엄청 우스운 이야기이다. 어쨌든 수호천사가 나오고 나서 두꺼운 지도책을 버리고 목적지를 자동으로 안내해 주는 내비게이션이 등장하기 시작했다.

지금은 자동차에 기본적인 맵이 내장되고 핸드폰에는 최고의 내비게이션인 T맵과 카카오가 경쟁 중이며 이 두 회사의 맵은 전국 어디를 가더라도 안전하게 빠른 길로 안내해 준다. 좋은 장점만큼 단점도 생겼는데 자주 가는 길도 생각이 안 날 만큼 의존도가 심하게 높아졌다.하루는 운전을 하다 도로 진입구 위치를 놓진 적이 있는데 당황한 나를 위해 내비게이션이 바로 대안의 길을 선택해 주었다. 실시간 도로상황에 반응하기 때문에 이 정도는 요즘 AI 기능을 탑재한 내비게이션에게는 일도 아니다.

내비게이션의 즉각적인 반응을 보면서 우리의 삶이 떠올랐다. 우리의 삶도 목적지만 뚜렷하게 설정한다면 어려운 일이 있더라도 시간이 좀 더 걸릴지언정 길을 찾아 돌고 돌아서라도 결국은 제대로 도착할 것이다. 반대로 목적지를 상실한다면 어떻게 될까? 목적지가 없으니 의욕이나 열정도 사라지고 대안의 길을 찾을 필요도 없을 것이다.

난 지난 13년간 한 가지의 목적지를 설정하고 달려왔다. 성공을 향해서가 아니라 오로지 인생의 걸림돌에 넘어져 생긴 부채라는 돌을 치우기 위해 달려왔다. 목적지는 명확했지만 달려가는 길은 결코 쉽지 않았다. 지금 달려온 길을 뒤돌아보면 참 다양한 길을 돌아서 달렸다고 생각한다. 중간에 너무 힘들어서 멈춘 적도 있었고 아무 생각 없이 제자리를 맴돈 적도 있었다. 그래도 눈물을 머금고 끈질기게 달려왔기에 시간은 많이 걸렸지만 간절하게 바라던 목적지에 도착할 수 있었다. 목적지를 잃고 방황할 때 수변의 응원과 격려가 없었다면 혼자만의 힘으로 극복할 수 없었을 만큼 긴 시간이었다. 돈은 잃었지만 삶에서 필요한 사람들을 얻었고 불필요한 사람은 정리되었다.

내비게이션은 주기적으로 업데이트를 해 줘야 한다. 변화된 도로와 조금이라도 더 빠른 길을 잘 가기 위해서다. 우리 삶에도 주기적이지는 않더라도 한 번쯤 심사숙고한 변화된 업데이트는 꼭 필요하다. 불필요한 인간관계들이 삶의 메모리를 잡아먹고 있기 때문이다. 난 오늘도 불필요한 메모리가 정리된 삶의 내비게이션을 열고 달리고 있다. 이전보다 더욱 명확해지고 선명한 두 번째 목적지가 설정

되었기 때문이다. 내게 중요하지 않은 사람들의 만류를 뿌리치고 내가 꿈꿔 왔던 목적지를 향해서 나아갈 것이다.

미아

박정현

▶

조금도 못 가 눈앞에 닿는
너의 손이 이끌었던 그때 그 자리
길을 잃어버린 나 가도 가도 끝없는
날 부르는 목소리 날 향해 뛰던
너의 모습이 살아오는 듯

어려운 길을 돌고 돌아 목적지로 향하는
사람들을 위로하는 참 따스한 곡이다.

안전벨트 이야기

♪ DJ. DOC – 여름이야기

겨울 중에서도 가장 추운 1월인데도 따스한 햇살이 좋았던 어느 날, 문자 한 통을 받고 한참을 핸드폰 화면에서 눈을 떼지 못했다.

[김○○ 님께서 임종하셨기에 부고를 드립니다.
충주 ○○장례시장 특3호실]

"이게 무슨 소리야, 휴⋯⋯."

가슴이 답답했다. 그동안 아프다는 연락은 없었으니 병사(病死)가 아닌 것이 확실했다. 전화를 이리저리 돌려 보니 후배에게서 고속도로에서 사고로 사망했다는 짧은 소식을 들을 수 있었다.

세상을 떠난 그 친구를 처음 만난 건 대학 OT에서였다. 촌스러운 옷차림에 수줍은 웃음이 많은 친구였다. 나보다 한 살 아래였지만 금방 친해져서 즐거운 대학 생활의 동반자가 되었다. 반전을 가진 친구였는데 촌스러운 옷차림과 달리 부촌인 서울 방배동에 살았고, 경매인인 아버지 덕분에 꽤 유복한 집안에서 자랐다. 하루는 MT

장소로 고민을 하고 있었는데 친구가 다가와서 넌지시 제안했다.

"우리 집 별장이 허름하긴 한데 괜찮으면 MT 장소로 써도 돼."

"위치가 어디야?"

별장이 있다니 정말 알 수 없는 재력의 친구였다.

"경기도 설악면 쪽인데 물가 근처이고 낚시 보트와 제트스키도 있어."

너무나 담담하게 이야기하는 친구의 말에 더욱 놀랄 수밖에 없었다. 당시에 제트스키라면 일반인이 누릴 수 없는 고가의 장비였다.

"고맙다! 이번 MT, 너 덕분에 최고의 추억이 될 것 같아."

난 친구를 얼싸안고 방방 뛰었다. 친구 덕분에 우리는 외국에서나 볼 수 있는 멋진 물놀이를 즐겼다. 햇살이 반짝이는 수면 위를 달리는 제트스키로 물보라가 튀기고, 바나나 보트를 연결해서 강물 위로 신나게 몸을 던졌다. 웃음과 함께 시원하게 물속으로 입수하기도 했다. 그렇게 한참을 즐기고 나와서 우리는 따뜻한 장작불에 몸을 녹이고 맛있는 음식을 나누며 MT를 즐겼다.

당시 친구는 카니발을 타고 있었는데 항상 안전벨트를 매지 않고 운전을 하곤 했다.

"안전벨트 좀 해라! 나 저번에 사고 났을 때 안전벨트 때문에 무사했잖아."

내가 났던 사고는 겨울에 고속도로에서 일어난 미끌림 사고였다. 안전벨트 덕분에 하나도 다치지 않아서 나에게는 커다란 교훈이 되었던 일이었기에 나는 친구를 만날 때마다 잔소리를 해댔다. 그때마다 친구는 "너무 답답해. 걱정 마, 난 운전을 잘해서 사고 안나."라며 어물쩍 잔소리를 피했다. 그 결과가 27년이 지나서 부고의 문자로 온 것이다. 충주의 장례식장에서 친구의 얼굴을 영정 사진으로 마주했다. 사인은 안전벨트 미착용으로 인한 흉부압박 심정지였다.

"야! 이게 뭐야, 내가 그렇게 안전벨트 하라고 했잖아!"

마음속으로 영정 사진을 바라보며 친구에게 마지막 잔소리를 해댔다. 가슴이 아리고 허망하게 떠나보낸 친구 생각에 눈물이 그렁그렁 맺혔다. 컴컴한 밤, 돌아오는 고속도로에서 친구와 함께했던 즐거운 시절을 회상했다. 아침이 밝으면 핸드폰 번호를 지워야 하는 현실적인 걱정을 하면서…….

안전에 대한 타협은 없다. 그냥 하는 잔소리로만 치부할 것이 아니다. 안전을 무시하다가는 우리 삶에 큰 결과로 돌아오기 때문이다. 한순간의 편함이 사랑하는 사람들을 사지로 내몬다. 오늘도 운전하기 전 단단하게 안전벨트를 조여 매고 하루를 시작한다. 모두 안전운전하기를.

여름이야기

DJ. DOC

▶

우린 그 바닷가에서 만나고
또 아쉬운 작별을 했어
서울로 돌아오는 그 시간이
몇 년처럼 더디기만 했어
그런데 돌아온 서울에서
널 찾을 수가 없었어

이 노래는 1996년에 여름에 유행했던
곡으로, 친구와의 즐거운 MT를 추억하게
만든다. 사진첩 속에서 나온 환하게
웃고 있는 친구의 얼굴을 보니 오늘따라
친구가 무척 그립다.

공단의 아카시아는
왜 향기가 없는가?

♪ 김현철 – 봄이 와(Feat. 롤러코스터)

사람의 인연은 참 알 수가 없다. 18년 만에 만났는데 며칠 전에 만났던 것처럼 어색함 하나 없이 편했다. 우리는 맛있는 식사를 하면서 늦은 시간까지 어떻게 지냈는지 이야기꽃을 피웠다.

그분은 나의 리즈 시절 자동차와 함께 찍은 사진에 등장한 분이다. 우리는 공통 분모가 많았다. 자동차를 무척 좋아하는 것도 그렇고, 운전하는 것도, 좋아하는 음악도 같았다. 그래서인지 항상 퇴근 후 단짝처럼 붙어 다녔다. 하지만 결혼과 동시에 각자의 삶을 살아가면서 연락이 서서히 끊어졌고, 그렇게 18년의 세월이 흘렀다. 그분은 시화공단에서 제조업을 운영하고 있었는데, 어느 날 갑작스럽게 나에게 함께 일하자고 선뜻 손을 내밀어 주었다. 밀양에서 서울로 올라오면서 사업을 이어 가지 못해 힘들었던 터라 그 제안을 감사하게 받았다.

출근 거리가 왕복 60km가 넘었지만 지인과 함께하는 새로운 생활은 너무도 즐거웠다. 그런데 아카시아가 잔뜩 피었던 한 날, 출근길에 창문을 열고 냄새를 맡아 보려고 했는데 향기가 나질 않았다. 공단의 알 수 없는 냄새가 아카시아의 향기를 가린 것인지? 아니면 나의 마음이 고장 난 것인지? 알 수 없는 생각이 들었다. 봄에 피는 꽃 향기를 무척 좋아했는데 말이다. 막히는 출근길, 차 창문으로 보이는 공단 사람들의 얼굴을 보면서 해답을 찾았다. 한없이 지친 기색과 여유 없는 발걸음, 무표정한 사람들의 얼굴 속에서 공단의 봄은 아직 오지 않음을 깨달았다. 나 또한 여러 가지 문제로 마음이 편치 않았구나 하는 생각이 들었다. 마음의 편안함과 여유가 없으니 내 마음에도 봄이 찾아오지 않아서 아카시아의 향기가 나지 않았던 것 같다.

"봄에는 밤 벚꽃."

"여름에는 별."

"가을에는 보름달."

"겨울에는 흰 눈."

그것만으로도 충분하게 술은 맛있다며, 그래도 맛이 없다면 그건 당신이 마음이 병이 들었다고 말하는 일본 만화 '바람의 검심'[1]등장인물인 히코 세이주로[2]의 명대사처럼, 우리는 삶과 일에 지쳐 계절의 아름다움을 너무 쉽게 지나치고 있는 게 아닌가 하는 생각이 들었다. 하지만 내 마음은 병들지 않았으므로 내일 출근길의 향기로운 아카시아 향기를 다시 기대해 본다.

---

[1] 1994~1999년 메이지 시대를 풍미했던 액션 사극 애니메이션이다.

[2] (比古清十郎) 바람의 검심에 등장했던 주인공의 스승으로 낭만 100퍼센트 사나이다.

봄이 와(Feat.롤러코스터)

김현철

▶

**봄이 와 봄이 와
그대와 함께라 좋아라
봄이 와 봄이 와
그대와 함께라 좋아라**

봄이 곧 오겠구나 싶을 때에
늘 입에서 흘러나오는 노래이다.
여의도 윤중로도 좋고 진해 군항제도 좋다.
벚꽃이 아름답게 만발한 곳은 모두
낭만이 넘치는 연인들의 봄길이 된다.

굿바이 엘리사

♪ 태연 - 만약에

헤어짐의 아쉬움은 사람도 정든 물건도 마찬가지다. 아무리 자주 해도 연습이 안 되는 것이 이별이다. 힘든 시절에 손과 발이 되어 주었던 나의 애마, 투스카니 엘리사. 2001년식이라 벌써 22살이 되었고, 예전만큼은 아니지만 여전히 잘 달려 주는 멋진 아이였다. 출퇴근을 위해 연비가 좋은 차량을 새로 구입해서 엘리사는 5개월째 주차장 한쪽에 고질병인 부식병을 참으며 자리를 지키고 있었다. 함께한 5년 넘게 단 한 번의 사고도 없이 나를 지켜 주었고, 새로운 사람들과의 인연도 만들어 주었다.

오늘 아침은 평상시와 달리 일찍 잠에서 일어났다. 친구의 중고차 수출 사무실로 향해야 했기 때문이다. 폐차하기보다는 다른 나라에서 새로운 주인을 만나 더 달렸으면 하는 마음에서였다. 익숙하고 편안한 시트에 몸을 기대고 엘리사와의 첫 만남을 추억해 보았다. 편한 것과는 먼 날것의 모습, 그리고 시대를 건너뛴 빠른 주행 성능까지. 동시에 엘리사와 함께한 장소와 시간이 떠올랐다. 시동을 걸고 인천으로 향하는 내내 웅웅거리면서 헤어지기 싫어하는 것 같은 엔진 소리에 가슴이 먹먹했다.

"그동안 정말 고마웠어, 엘리사."

"너와의 추억은 잘 간직할게."

맡기고 돌아오는 지하철 안에서 난 엘리사가 어딘가에서 멋지게 달리고 있는 꿈을 꾸었다.

만약에

태연

▶

**내가 바보 같아서
바라볼 수밖에만 없는 건 아마도
외면할지도 모를 네 마음과
또 그래서 더 멀어질 사이가 될까 봐**

오늘은 이별 노래를 듣고 싶었다.
사랑하는 연인을 떠나보낸 것처럼
가슴이 먹먹하기에. 엘리사는 오래된 차였지만
너무나 많은 길을 같이 달려 주었다.
20년이 넘은 오래된 JBL 스피커는 에이징이
잘된 소리로 낭만을 채워 주곤 했다.
그러고 보니 엘리사 덕분에
JBL 스피커 찬양론자가 되었다.

신기한 페이라이프

♪ 토이스토리 OST - 넌 나의 친구야

이야기는 우선 핸드폰 회사의 이익을 위하여 쓴 것이 아님을 우선 밝혀야겠다. S페이를 사용하기 시작하면서 선물로 받은 멋진 녹색 지갑은 가방 안에서 나오질 못하고 있다. 주유를 할 때도 병원을 갈 때도 편의점에서 음료수 하나 구입할 때도 페이의 편함은 이루 말할 수 없다. 가게 입장에서도 잔돈을 준비하지 않아도 되니 페이의 사용은 더욱 높아지고 있다. 지폐에 그려진 그림도 기억에서 가물해질 정도도 사용 빈도수가 줄어들면서, 현금 사용은 특정한 날에만 사용할 정도로 애물단지가 되고 있다.

하루는 아버지께서 의왕 보리밥집을 가셨는데 결제를 위해 지갑을 찾으셨으나 지갑이 없어 당황하셨던 일이 있다. 아버지는 결국 집으로 돌아가 지갑을 찾은 다음 식당으로 돌아가 결제를 마무리하셨다고 한다. 예전과 달리 자꾸 지갑을 깜박하신다고 자책하시는 모습을 보면서 무엇을 드릴 수 있을지를 고민하다, S페이를 핸드폰에 활성화해 드리고 소유하고 계신 신용카드를 모두 넣어 드렸다.

"이거 너무 신기하고 편하구나."

아버지의 웃음을 보면서 진작 사용법을 알려 드리지 못한 게 죄송했다. 결제할 때마다 주변에서 연세가 있으신데 페이를 사용하신다며 멋지다고 칭찬 일색인 걸 보신 어머니까지 페이를 해 달라고 조르신다. 비밀번호도 잊어버리실까 봐 지문으로 만들어 드리고 일부러 주변 상가를 방문해서 물건을 구입하면서 실습을 해 드렸다. 어머니는 식당에서 사용하기 너무 편하다고 만족스러워하신다. 다시 한번 말하지만, S페이 홍보는 아니다.

부모님의 삶에 좀 더 관심을 기울여 달라는 부탁을 드리고 싶다. 요즘 칠십 대 부모님은 예전과 달리 사회생활도 많이 하시고 운전도 하시며 활발한 삶을 영위하시지만, 사람의 기억만큼은 예전과 같지 않음을 느끼고 있기 때문이다. 나이가 들어서 잊어버리고 민망할 수 있는 상황을 우리가 잠깐 도와드리는 것만으로 바뀔 수 있다. 지문으로 가능한 간단 뱅킹, 페이 활성화시키기, 키오스크 교육 등을 해 드리면 나이 든 부모님께 큰 도움이 된다. 어렵지 않고 몇 번만 알려 드리면 충분히 잘 사용하실 수 있다.

70대 부모님도 롯데리아에서 아이스크림콘을 키오스크로 주문하고 페이로 결제까지 할 수 있다. 이렇게 작은 관심이 주변의 사람과 삶에 영향을 미친다는 것을 알아야 한다. 부모님을 노인으로 취급하고 못할 거라 단정 짓지 말았으면 좋겠다. 우리도 세월이 흘러서 우리 자식들에게 도움을 받아야 할 미래가 올 수 있음을 명심해야 한다.

* S사는 노인분들이 쉽게 페이를 사용할 수 있는 쉬운 버전의 실버 페이 지갑을 만들면 좋겠다.

넌 나의 친구야
토이스토리 OST

▶

We stick together
and see it through
우린 함께 할거야
그리고 지켜볼거야
Cause you've got a friend in me
왜냐하면 난 너의 친구니까

페이를 처음 사용하시고
아이처럼 신기해하시는 부모님을 보면서
이 노래가 떠올랐다.

숙이면 보이는 것들

♪ 엔 리오 모리코네
  - 가브리엘의 오보에(영화 미션 OST)

경제적 어려움이 닥치는 순간 가장 먼저 변하게 되는 것은 직업이다. 좋은 조건으로 이직하는 것도 아니니 선택의 여지도 없고 살면서 해 보지 않은 일이 대부분이다.

나도 그랬다. 한 번은 규모가 있어 보이는 중소기업에서 납품영입 담딩자를 구하고 있었디. 취업 사이트에서 몇 개월이나 계속 구인이 뜨고 곳이어서 내키지는 않았지만 무엇이라도 해야 했던 나의 입장에서는 선택의 여지가 없었다. 입사 지원을 하니 다음 날 바로 연락이 왔다.

"내일 가능하시면 면접 오세요."

본인을 이사라고 소개한 여성분의 목소리가 기대감이 없이 들렸다. 다음 날 면접에서 처음 듣는 이상한 질문을 받았다

"이력도 괜찮은데 왜 지원한 거예요?"

그 회사에서는 4년제 대학 출신이 지원한 적이 없다고 이상하고 계속 알 수 없는 질문을 해댔다.

"이사님, 개인적인 큰 어려움이 생겨서요. 무슨 일이라도 해야 합니다."

속으로 망해서 왔다고 큰소리로 말할까도 했지만 면접 자리니 둘러서 이야기를 했다.

"그럼 내일부터 출근하세요. 주 업무는 70군데 정도의 거래업체 관리 및 납품이에요. 차량은 1톤과 3.5톤 윙바디인데 수동 가능하죠?"

"네. 자동 수동 모두 가능합니다. 감사합니다. 내일 뵙겠습니다. 이사님."

인사를 하고 나왔지만 기분이 영 상쾌하지 않았다. 사람을 구하지 못하니 바로 합격시킨 건 아닌지 머릿속이 복잡했다. 나중에서야 알게 된 사실이지만, 그 회사는 1년간 사람이 여덟 명이나 바뀌었고 모두 2개월 이상을 버티지 못할 정도로 업무 강도가 상상 이상으로 무척 높았다. 하루에 무거운 플라스틱 사출물 수백 박스를 거래처에 납품해야 했다. 저녁이면 팔다리에 경련이 일어나고 몸이 여기저기 아팠다. 몸보다 더 아픈 것은 마음이었다. 이런 일을 언제까지 해야 하는지? 매일 나 자신에게 답해 줄 수 없는 질문을 계속하고 있었다.

아는 지인의 소개로 규모가 큰 아파트 단지의 경비실장을 할 때에도 비슷한 경험이 있었다. 당시 나는 16명의 경비원들을 관리하고 있었는데 하루는 인원 한 명을 충원하기 위한 면접을 진행할 때였다. 면접에 오신 분은 경찰 근무를 오래 하시다 퇴직하신 분이었는데 얼굴이 무척 어두웠다.

"경비 일이 쉽지 않으실 수 있는데 괜찮으시겠어요?"

면접자에게 조심스럽게 이야기했다.

"네, 잘 해 보겠습니다……."

말끝도 흐린 것이 어쩐지 자신이 없어 보였다.

결국 그분은 입사한 지 이틀 만에 경비 초소에서 전화 통화로 죄송하다고 바로 퇴사해 버렸다. 경찰을 퇴직한 지 2년이 넘었지만 명령만 내리던 자리에서 명령을 받아야 하는 직업으로의 선택은 힘들었을 것이라 생각되었다. 한편으로는 그분에게서 나의 예전 모습을 찾을 수 있었다. 덕분에 아직도 예전의 모습을 버리지 못하고 현실을 마주하는 데 미숙한 나에게 작은 조언을 해 줄 수 있었다.

양복에서 회사 로고가 새겨진 점퍼로, 강남이 아닌 다른 곳으로, 높은 수입에서 작지만 일할 수 있는 직장으로 조금씩 바뀔 거라고, 부끄러울 것도 자존심 상할 것도 없고, 시간이 분명 좋은 결과를 만들어 줄 거라고 매일 출근 때마다 약해지는 스스로에게 되뇌었다. 그렇게 고개를 숙여 나를 낮추니 그동안 보이지 않던 다른 세상이 조금씩 보이기 시작했다. 그 세상은 특별한 것이 아닌 평범한 사람들의 삶이 녹아 있는 세상이었고, 나 역시 그곳에 녹아들면 되는 것이었다.

난 까대기(짐을 들고 나르는 일) 지옥에서 이 악물고 버텼고, 뜨거운 여름이 끝났던 어느 날 빚을 청산할 수 있는 함바(현장 식당)와의 인연을 만나게 된다. 당시 퇴근 후 허리가 너무 아파서 당시 6살인 딸에게 허리에 올라와서 밟아 달라고 했는데 얼마나 시원하고 행복했는지 모른다. 지금은 너무 커 버려서 불가능하다.

가브리엘의 오보에(영화 미션 OST)

엔 리오 모리코네

▶

♪

힘들었던 시기에 마음에
크나큰 안정을 주었던 곡이다.
오보에 소리가 구슬프게 들리지만
그 안에 희망의 메시지가 있어 좋았다.
이 시간이 꼭 지나리라는
희망의 메시지 말이다.

결핍(缺乏)

♪ 화이트 - 네모의 꿈

　　임산부는 임신 시기 중 꼭 섭취해야 하는 영양 성분이 있는데 바로 철분(Fe)이다. 뱃속의 태아의 빠른 성장은 산모의 철분 수치를 급격하게 떨어뜨리므로 임산부는 철분을 선택이 아닌 필수적으로 섭취해야 한다.

　　갑자기 철분 이야기를 해서 이상하겠지만 예전에 산부인과를 상대로 임산부 필수 영양제를 영업하던 기억이 나기도 했고 다루고 싶은 이야기와도 연관이 있기 때문이다. 결핍이 생기면 어떠한 일이 생길까? 위에서 언급했듯 임산부라면 얼굴이 창백해지고 빈혈이 동반되기도 한다. 그러면 교육에 대한 결핍이 생기면 어떻게 될까? 본인이 누리지 못한 교육에 대한 갈증을 자식에게 올인할 가능성이 무척 높다. 사랑의 대한 결핍이 생긴다면? 과도한 이성에 대한 집착이나 반대로 이성의 대한 거부감이 생길 수도 있다. 영양제의 성분부터 사랑까지 우리 삶 속에서 결핍은 정상과는 다른 필요 이상의 집착과 부정적인 결말을 만들고 만다.

　　난 한때 겸손에 대한 결핍을 가지고 있었다. 그리고 절약과 저축에 대한 결핍 또한 가지고 있었다. 이러한 결핍은 인생을 살면서 어려운 환경을 형성하는 원인을 제공했고, 나는 다양한 직업을 거치며 결핍을 이겨 내고 단단해지도록 스스로를 단련시켰다. 이 같은 과정을 거치고 나서야 나는 결핍을 극복하고 조금씩 온전한 삶으로 돌아올 수 있었다.

많은 사람들이 결핍을 자기 고집과 앞서가는 선택으로 포장해서 남에게 드러내길 꺼린다. 결핍을 인정하는 순간 본인이 택한 많은 것들이 잘못되어 간다는 것을 인정해야 되기 때문이다. 사실 자신의 부족함을 인정하는 것은 무척 어려운 일이다. 나 또한 그랬고 가까운 가족의 권면에도 괜찮다며 웃으면서 거절했으니 말이다. 하지만 어려움을 직면하면서 가족과 지인들의 충고를 가슴 깊이 받아들였고, 나 자신의 부족함과 어려움을 이겨 낼 때에 큰 도움을 받았다.

어찌 보면 사람은 부족함이 가득한 상자 같다. 상자의 부족한 면을 살면서 조금씩 채우면 되니 말이다. 상자 안에 공간이 많아도 올바른 채움에 대한 거부감이 있다면 평생 부족함을 채우기 위한 희생양을 찾아야 할지 모른다. 고달픈 과정이었지만 어려움을 통해 부족함을 인정하고 결핍을 대한 인생의 영양소를 섭취하는 고마운 경험이었다.

네모의 꿈

화이트

▶

**지구본을 보면
우리 사는 지군 둥근데
부속품들은 왜 다 온통
네모난 선지 몰라
어쩌면 그건 네모의 꿈일지 몰라**

글을 쓰다 갑자기 떠오른 음악이다.
사는 인생은 네모인데 살다 보니
구르고 굴러 둥글게 되어 버린
우리의 모습과 닮았다.

태풍이 남기고 간 것들

♪ Mocca - The Best Thing

　팬데믹으로 장인어른과 장모님 칠순 여행을 가지 못하고 있다가 9월 제주도로 장소를 정하고 예약을 완료했을 무렵, 그 날짜에 맞춰서 반갑지 않은 손님인 태풍이 올라오고 있었다. 하루에 몇 번이나 태풍 경로를 지켜보면서 일본 쪽으로 선회하기를 바랐지만 고집스러운 태풍은 제주 정중앙을 향해서 다가오고 있었다. 다행히 태풍이 도착하는 저녁 전에 출발하여, 우리를 태운 비행기는 아슬아슬하게 빗방울과 바람을 뚫고 제주도에 무사히 도착했다. 각자 사는 곳이 달라 제주공항에서 만난 가족들은 결항되지 않았던 데에 안도의 한숨을 내쉬었다.

　"정말 아슬아슬했어, 애들아."

　김포공항에서 출발해서 제주공항에 도착한 아이들을 두 팔에 감싸 안고 걱정스러운 가슴을 쓸어내렸다. 태풍이 이렇게 가까이 오는 상황에 비행기를 타게 되어 내내 걱정스러웠다. 그래도 안전하게 도착했으니 그날 밤은 태풍이 큰 피해 없이 지나가기만을 바랄 뿐이었다.

하늘이 어둑어둑해지니 숙소 창밖으로 엄청난 바람과 비바람이 몰아쳤다. 그래도 오랜만의 가족여행이었기에 맛있는 회와 매운탕을 먹으며 저녁식사를 즐겼다.

강렬한 햇살이 비추는 바람에 아침에 일어나 바다를 바라보았다. 눈앞에 믿을 수 없는 광경이 펼쳐졌다. 비가 갠 하늘은 드높고 푸르렀고, 바다는 아름다운 청록색이 감돌아 눈부시도록 아름다웠다. 펼쳐진 풍경이 믿지 못할 만큼 아름다워서 눈을 몇 번을 비비고 바라보았다. 그동안 제주도를 참 많이도 왔었지만 가장 기억에 남았던 1986년도첫 제주 바다가 떠오를 만큼 강열한 장면이었다.

그러다 문득 이런 생각이 들었다. 이렇게 아름다운 광경을 보려면 태풍과 같은 고통을 감내하는 인내의 시간이 필요하다고. 폭풍이 지나간 자연은 우리의 삶과 무척 닮아 있는 것 같았다. 나의 상황을 생각해 보니 태풍의 끝자락에 와 있는 것 같아 희망과 용기가 생겼나. 끝이 없을 것 같은 채무와의 전쟁도 조금 더 버티면 파란 제주의 바다처럼 아름다운 결말을 지을 수 있을 것 같다.

진작 모시고 왔어야 했지만 여의치 않은 상황 탓에 일정이 밀려 결국 한참이 지나서 오게 된 여행이었지만, 아름다운 제주에서 꿈같은 화창한 날씨 덕에 가족여행을 멋지게 마무리할 수 있었다.

한없이 경탄스러운 자연을 떠올리니 좌절하고 힘들었던 시간들이 마냥 고되고 의미 없는 시간은 아니었다는 생각이 든다. 적어도 나는 예전보다 더 신중해졌고, 사람들의 마음을 더 이해할 수 있다는 자신감과 어려움에 의연하게 대처하는 자세를 가지게 됐으니 말이다. 이 모든 것이 다 정리되면 꼭 아름다운 제주도의 품에 안기리라.

The Best Thing

Mocca

▶

I've got the best thing in the world
Coz'I got you in my heart
And this screw little world
Let's hold hand together
We can share forever

원곡도 좋은데 우동할망[3]이
제주바다언덕에서 라이브로 불러 주는
노래가 일품이다.

---

3 우동할망: 제주를 거처로 하는 우쿨렐레 유튜버(살구 님, 아조이별 님 합주)

우리들은 어떻게 살 것인가?

♪ 크리스 보티 - 트럼펫 연주곡 Vol. 1

얼마 전에 수많은 기대 속에 개봉한 미야자키 하야오의 애니메이션 '그대들은 어떻게 살 것인가'를 딸과 함께 관람하다 문득 떠올랐다. "그대들은 어떻게 살 것인가?"라는 물음 말이다. 자기 일이 아니라고 농담처럼 던지는 '퇴직 후 장사는 치킨 집이지!' 식의 농담 같은 대답 말고 좀 진지한 이야기를 해 보고 싶었다.

친구들과 모임이나 식사 자리에서 조금씩 얼굴을 내밀고 있는 퇴직 후의 삶.벌써라고 하기에는 코앞에 다가와 있으니 정말 남의 일이 아닌 게 분명하다. 물론 이런 걱정이 없는 삶이라면 정말 생각만 해도 행복하겠다. 하지만 대부분의 경우에는 그렇지 않을 테니 무슨 일을 하고 살 것인가 하는 물음에 대답을 망설인다고 해서 나의 인생이 잘못된 것이라 생각하며 비관할 필요는 없다. 이제부터라도 같이 고민하면 되니까.

직장에서 임원까지 승진해야 살아남을 수 있는데 임원의 평균 나이는 53.2세, 그리고 직장인의 평균 퇴직 연령은 10년째 49세다. 겨울이 없을 거라는 금융권 역시 올해도 어김없이 희망퇴직을 받고 있다. 그러면 한창 돈을 벌고 살아야 하는 사십 대에 퇴직을 하고 나와서 무엇을 하고 살 것인가 하는 물음은 더욱더 커지게 된다. 아직도 여전히 직장이 평생을 책임질 거라는 환상을 가지고 삼겹살 회식에 술 한잔 기울이며 웃음을 만개하고 있다면 아마도 조만간 경험하게 될 퇴직 후의 삶은 웃음기 싹 사라지게 만들 만큼 고되고 어려울지 모른다.

난 대한민국에 존재하는 온갖 직장을 넘어서, 경험하지 않아도 되는 어두운 직업까지 모두 경험해 보았다. 젊음과 열정이 사라진 중년에게는 더욱더 가혹한, 직업 귀천을 틀을 가져다 대는 냉혹한 현실만 남는다. 그럼 우리는 무엇을 준비해야 할까? 그리고 어떠한 마음가짐을 가져야 할까?

물음에 대답하기에 앞서 중년의 몸과 변화된 모든 것에 순응하고 귀 기울여야 하는 것이 첫 번째일 것 같다. 순응하는 마음이 굳어지면 무엇이든 새롭게 도전하면 된다.『주역』에서는 사람 나이 오십은 인생의 황금기이며, 진정한 나의 삶을 살 시간이라 전하고 있다. 오늘 나의 마음이 바뀌면 나의 행동이 바뀌고 과거와 미래가 동시에 바뀔 수 있다고도 말한다. 분명한 것은, 우리의 운명은 우리가 주인공이라는 것이다. 나이가 중요하지 않고 시작이 중요하며, 가고자 하는 마음만 있으면 얼마든지 주변 상황까지도 바꿀 수 있다는 것이다. 퇴직 후의 삶과 직업이 기존의 것과 달라지더라도 상처받을 필요 없이 새로운 영역에서 배우고 노력하면 또 다른 나의 인생을 펼칠 수 있을 것이다.

몇 가지 꼭 기억했으면 하는 것이 있다.

① **나의 마음을 바꿀 것.**

② **행동으로 옮길 것.**

③ **변화에 두려워 말 것.**

④ **할 수 있다는 믿음을 가질 것.**

이렇게 이야기한다면 너무 평범한 자기 개발 서적 같은 내용이 아닌가? 하고 생각할 수도 있다. 맞다. 하지만 이 네 가지는 꼭 기억하고 가야 한다.

트럼펫 연주곡 Vol. 1
크리스 보티

▶

♪

가끔은 노랫말이 없는 순수한
악기 음만으로 감동을 받기도 하고 영감을
얻기도 한다. 트럼펫은 사람의 애절한
마음을 닮은 악기다. 그래서 가사 없이도
우리의 마음을 울리고 떨리게 만든다.
이렇게 멋진 트럼펫 연주곡과 함께
하루 끝을 편안하게 보내시길 바란다.

병원 가는 길

♪ 웅산 - Yesterday

어제 저녁부터 잠이 오질 않았다. 2년마다 하는 정기 검사를 받는 날이다. 마음속으로는 아무것도 아니라며 태연한 척했지만 몇 시간째 이불 속에서 뒤척이고 있었다. 비가 오려는지 잔뜩 흐린 날씨와 병원으로 가기 싫은 마음이 어우러져 안 그래도 무거운 몸이 더욱 무거워졌다. 예전 심정지가 왔던 트라우마인지 병원 건물에 가까이 가거나 앰뷸런스 사이렌만 들어도 가슴이 두근두근한 적이 있었고, 마음이 안정되도록 다스리는 데 반년 가까운 시간이 필요했다.

정기 검사 당일, 순환기내과 교수인 친구가 말했다.

"많이 좋아져서 이번엔 심장 CT는 안 찍어도 될 것 같아."

"정말이지? 심장 CT 안 찍어도 되는 거지?"

난 진심으로 좋아서 친구를 보며 해맑게 웃었다. 사실 정말 심장 CT를 찍기 싫었다. 조형제도 그렇고 맥박수가 빠르면 하염없이 기다리고 실패하면 다음을 기약해야 해서 꽤 어려운 검사이다. 물론 기계 안에 들어갈 때 나름 명상을 하면서 맥을 안정시키는 기술도 생기게 되었지만, 그래도 싫었다.

이른 아침 대학병원은 조용하고 을씨년스럽다. 크리스마스 장식이라도 하면 좀 따뜻해 보일 텐데 하는 아쉬움을 뒤로하고 검사실로 향했다. 채혈하고 소변 검사도 하고 심전도, 엑스레이 검사를 숙련된 조교처럼 척척 마쳤다. 그리고 마지막 심장 초음파 검사를 위해 검사실로 향했다. 대기 중에 마음을 편하게 하려고 이어폰을 귀에 꽂고 잔잔한 음악을 들었다. 역시나 마음을 편하게 하니 혈압 수치도 아주 좋게 나왔다. 20~30분 정도 걸리는 심장 초음파 검사 매트에 누워 있으니 아팠던 기억들이 다시 돌아왔다. 속으로 자문했다.

'너 요즘 건강해진 삶에 감사하고 있니?'

'······.'

대답하지 못했다. 심정지에서 깨어나면서 울고 있는 어머니 얼굴을 보면서 감사의 눈물을 흘렸던 기억이 떠오른다. 회복되고 이렇게 건강한 삶을 살고 있는 것이 얼마나 감사한 일인지 또 까맣게 잊고 살았나. 병원에 와 보면 건강이 얼마나 중요한지 새삼 설명하지 않아도 알게 된다.

우리에게 똑같은 일과 지긋지긋한 일상, 스트레스로 가득한 삶이 병원에서 보내는 중환자들에게는 그저 부럽기만 한 하루하루이니 말이다. 삶에 정답은 없지만 주어진 삶을 감사하며 건강하게 사는 것이 정말 중요하다고 느껴졌다. 그리고 검사실에서 잠깐 마주쳤던 의식이 없어 보였던 젊은 환자분의 회복을 위해 기도한다.

Yesterday
웅산

▶

Yesterday I lost my lover
never had it so good
now you've gone and left me
I've been alone all night long

하루 종일 사람에게 시달렸다면
모두 훌훌 털어 내 버리고
컴컴해진 저녁 베란다 창가에 기대어
그녀의 습도 높은 음색에 빠져들어 보자.

이런 말이 듣고 싶어

♪ 적재 - 별 보러 가자

　남자들은 살면서 계속 성장하게 된다. 키는 다 자랐으니 육체적인 성장을 말하는 것은 아니다. 여기서 성장이란 바로 마음의 성장이다. 남자는 화분에 심은 화초처럼 칭찬을 계속 먹으며 성장하게된다. 항상 칭찬에 목마르지만 돈도 들지 않는 칭찬을 공급받기에 너무 열악한 사회 속에 살고 있다. 칭찬을 받으면 지치지 않는 배터리처럼 열정을 불태우던 남자는 독설과 함께 시들면서 의욕을 잃어간다. 남자의 자존감을 높이고 가정을 위해 헌신하게 만들며 새로운 것에 멋지게 도전하게 만드는 것, 바로 칭찬이다. 현명한 사람은 이것에 인색하면 안 된다. 현명한 사람이 되길 바란다.

　남자가 좋아하는 단어는, ① 고마워, ② 역시, ③ 정말 멋져, ④ 믿어이다. 남자는 단순한 것 같은 이런 단어에 힘이 솟는다. 여자도 이런 말을 기다리고 있는 건 아닐까?

별 보러 가자

적재

▶

나랑 별 보러 가지 않을래
가볍게 겉옷 하나 걸치고서 나오면 돼
너무 멀리 가지 않을게
그렇지만 네 손을 꼭 잡을래

사랑을 하게 되면 모두 변한다.
사랑에 뜨거워지거나,
아니면 차갑게 식거나.

3부

작은 행복

차라리 선행(善行)을 했으면

♪ BTS - Dynamite

어느 토요일, 학원으로 바쁜 아이들이 없어 고양이와 집에 덩그러니 혼자 있다 보니 문득 나의 어린 시절이 떠올랐다. 스마트폰도 없었고 티비 채널도 3개뿐이었던 시절, 학교가 끝나면 최고의 오락거리는 친구들과 운동장에서 땀에 절게 뛰었던 축구나 야구였다. 부족한 과목을 위해 단과 학원을 다녔지만 사실 그 시간이야말로 남학교만 다니던 나에게는 예쁜 여학생들과 함께할 수 있는 최고의 시간이었다.

모든 학원이 이러한 것은 아니겠지만 요즈음의 학원들이 예전에는 들어 보지 못했던 '선행 학습'이란 단어를 사용하며 엄마들의 불안감을 높여 방학 안에 무엇인가를 하지 않으면 아이가 뒤처질 수 있다는 이론으로 학원생을 늘린 것은 사실이다. 선행 학습이란 초등 6학년이 중학교 과정을, 중학생이 고등학교 과정을 미리 준비하는 것이다. 이런 이론이면 인생도 미리 선행 공부를 해야 하는 상황이다. 선행 학습을 강조하다 보니 정작 학교 수업은 아이들에게 지루한 시간이 되고, 선생님도 아이들이 미리 알고 있다는 전제로 수업을 진행하면서 정상적인 수업의 틀을 벗어나고 있는 실정이다.

『손자병법』의 "지피지기(知彼知己)면 승내불태(勝乃不殆)라." 하는, 곧 적을 알고 나를 알면 승리는 곧 위태롭지 않다는 문구를 보면 선행 학습이 입시 승리의 해법처럼 보이기도 한다. 하지만 과연 미래까지 예견하는 높은 혜안을 가진 현명한 선택인지는 정확하게는 모르겠다.

도시에서 사는 학생들은 대부분 비슷한 패턴의 학습과 학원들을 전전한다. 엄마들의 입에서 입으로, 그리고 아이들이 입에서 입으로 어떤 학원이 좋은지 어디서 배우면 좋은지에 대한 정보를 얻어 모두 같은 모습으로 살아간다. 나의 선택으로 내가 주도하는 공부는 실종된 지 오래다. 스스로 공부하면 미리 공부하는 아이에게 밀린다는 불안감이 생기고, 이러한 불안감은 아이들을 학원으로 뺑뺑이 돌리는 병폐를 낳았다.

어른들도 주5일제 사회에서 살고 있다. 그만큼 주말에 근무를 하는 것은 어른들도 싫어한다. 그런데 학생들은 주5일제가 아니라 운이 나쁘면 주7일제로 살아가야 한다. 어른들은 자신이 과거에 하지 못한 것을 아쉬워하며 아이들에게 미래를 담보로 강요해서는 안 된다. 아이들도 쉬고 웃으며 살아야 한다. 앞서가는 선행(先行)이 아니라 착한 선행(善行)을 배우는 아이들이 되었으면 한다. 자기 학년에 맞는 배움을 되찾고 부족한 과목을 복습하는 올바른 교육이 되었으면 좋겠다. 어른들의 주5일제처럼 주말은 마음껏 쉬고 뛰놀 수 있는 행복한 상상을 해 본다.

행복한 상상에서 깨어나 보니 아이들은 학원에 가고 고양이와 나 둘뿐이었다. 참고로 냥이 이름은 귀요미다.

Dynamite

BTS

▶

Cos ah ah I'm in the stars tonight
So watch me bring the fire
and set the night alight
Shining through the city
with a little funk and soul
So I'mma light it up like
dynamite, woah

전 세계를 열광시킨 BTS의 곡인데 의외로
든다 보면 나도 모르게 리듬을 타게 된다.
좋은 음악은 나이를 떠나서 함께할 수 있는
공통의 분모(分母)같다.

귤락(橘絡)

♪ 성시경 - 제주도의 푸른 밤

11월이 지나고 있으니 제주 감귤이 얼마나 달고 맛있어졌는지 모른다. 한라봉이나 레드향도 좋지만 모양이 서로 다르고 거친 느낌의 노지 감귤은 질리지 않는 최고의 맛을 선사한다.

귤은 껍질을 까면 하얀 이물질이 붙어 있다. 사실 이것의 이름은 정확하게 모르고 있었다. 그래도 건강에 좋을 것 같아서 그냥 먹곤 했는데 우연히 이 이물질의 이름과 유래를 듣고는 새삼 놀라지 않을 수 없었다. 그 하얀 것의 이름은 '귤락(橘絡, Pith)'인데, 핵심이라는 의미가 있다고 한다.

식감과 맛을 해친다는 생각에 곧잘 떼 버리는 귤락에 혈관에 도움을 주는 주요 영양소가 포함되어 있다는 점을 떠올려 보면, 살면서 본인만의 관점에 갇혀 문제의 핵심을 놓치고 마는 경우와 무척 닮았다. 이렇게 좋은 의미와 좋은 성분으로 가득한 귤락을 보니 감귤이 더 달고 맛있어진다.

세상에 그냥 만들어진 것은 없는 것 같다. 필요하지만 부족한 부분을 서로 채워 주기 때문이다. 선입견이나 편견으로 판단하는 일

을 우리가 경계해야 하는 이유다. 작은 감귤에 이런 놀라운 세상의
이치가 들어 있다니 맛있고 건강에 좋은 우리 제주 감귤이 최고다!

제주도의 푸른 밤

성시경

▶

**떠나요 둘이서 모든 것 훌훌 버리고
제주도 푸른 밤 그 별 아래
이제는 더 이상 얽매이긴 우리 싫어요
신문에 TV에 월급봉투에
아파트 담벼락보다는
바달 볼 수 있는 창문이 좋아요**

따뜻한 방에 누워 감귤을 먹으며 듣는
달달한 성시경의 '제주도의 푸른 밤'.
귤과 노래가 무척 잘 어울린다.

순무김치

♪ 존 덴버
 - Take Me Home, Country Road

아버지의 고향은 강화도다. 맞다! 역사의 고장, 자동차 연수 코스, 당일치기 여행지, 장어, 꽃게탕 등 많은 수식어가 붙는 만큼 많은 이가 찾는 여행지다. 이런 많은 수식어가 따르는 강화도이지만 강화도의 맛을 한마디로 표현하자면 단연 '순무'가 아닐까 한다. 이러한 순무의 맛을 제대로 안 것은 성인이 될 무렵이었다. 지금은 돌아가신 할머니가 만들어 주신 알싸하고 톡 쏘는 순무로 만든 김치는 정말 기가 막히는 맛이었다. 다행히 돌아가신 할머니의 레시피를 어머니께서 90% 정도 따르고 있지만 할머니의 그것과는 무엇인가 미세하게 다르다. (그래도 어머니께서 만드신 것도 맛있다.)

순무의 유래를 보면 우리나라에서는 천 년 전부터 재배했다고 한다. 그러다 1892년 영국 해군 장교 콜웰 대위가 가져온 영국 순무와 교잡되면서 일반적인 흰색이 아닌 보라색을 띠는 강화도의 독특한 순무가 생겼다고 한다. 우리 집에서는 김장철에 맞춰서 순무도 김치로 담근다. 얼마 전 순무를 강화도에서 구입해다가 처음으로 직접 담그었다. 그동안은 맛있게 먹을 줄만 알았지 만들 줄은 몰랐었는데 김장은 손이 많이 가고 독특한 맛을 위해 젓갈도 최소한으로 사용하는 비법이 필요했다.

관광지 길거리에서 흔하고 팔고 있는 순무이지만 나에게는 할머니, 할아버지를 추억하고 강화도를 추억하는 소중한 음식이다. 추억이 깃든 음식이 다음 세대로 이어서 가는 것은 정말 멋진 일이다. 가족의 손맛과 그 집안의 소중한 이야기가 들어간 음식들이 소중하게 계승되었으면 좋겠다. 찬바람이 불어서 김장철이 되면 할머니의 모습과 알싸한 순무의 맛이 입안에 맴돈다.

보고 싶습니다. 할머니! 할아버지!

Take Me Home, Country Road
존 덴버

▶

Take me home country roads
All my memories
Gather round her
Miners Lady
Stranger to blue water
Dark and dusty
Painted on the sky

어릴 적 강화도로 향하는 길에
아버지의 애마, 대우 르망에서 쏟아져
나오던 올드 팝 중에 정말 좋아하던 곡이다.
안타깝게 비행기 사고로 떠난 존 덴버의
음악은 아름다운 자연과 고향을 노래했다.

주유소 습격사건

♪ 핑클 – 영원한 사랑

1999년 가을에 개봉한 영화다. 영화에 등장한 인물(이성재, 유오성, 강성진, 유지태, 정준, 이요원, 김수로, 차승원)들은 이 영화가 크게 흥행하면서 이름을 알렸고, 지금은 영화계의 굵직한 캐릭터들로 성장했다. 당시 이 영화를 강릉에서 보았는데 이야기하자면 참 독특한 에피소드이다. 그때 유행한 이메일을 펜팔처럼 주고받던 대학 동기가 6개월 만에 펜팔 주인공을 직접 만나기로 한 날이었는데 차편이 없어 당시 차를 소유하고 있던 나에게 운전을 부탁해서 강릉으로 향하게 되었다. 물론 기름 값과 맛있는 식사를 제공해 주는 조건이었다.

두 사람의 데이트를 성사시켜 주고 난 같이 나온 강릉대 미대 친구들과 본의 아니게 차도 마시고 영화도 관람하게 되었다. 그 인연으로 대학 졸업 선물로 낙산사를 배경으로 한 멋진 유화 그림을 선물로 받았다. 지금 제천에 살고 있을 텐데 이 책을 보고 있다면 감사의 인사를 다시 전하고 싶다.

다시 원래의 이야기로 돌아오면, 사실 영화를 보면서 내내 불안했다. 1999년의 세상이 멸망할 것이라는 노스트라다무스의 예언은 그 시대에 불안감을 고조시켰고, 이런 분위기에 편승해서 Y2K 밀레니엄 버그에 대한 각종 루머와 핵폭탄 오류 발사설, 사이비종교 휴거설까지 좌우지간 흉흉한 세기말이었다. 결론은 소소한 전산 오류 등의 문제라는 판단이었고, 아주 우스울 정도로 모든 걱정은 사라졌다.

사람의 마음에 불안감이 덧대어지면 안 좋은 상상을 하게 되는데 마치 일어나지도 않을 일을 미리 걱정하고 불안해하는 것과 같다. 우리 역시 일어나지도 않은 일을 매일 걱정하면서 살아간다. 마치 세기말에 도착한 사람처럼 말이다. 하지만 걱정을 한다고 바뀌는 것은 없다. 그날의 기억을 떠올리다 보니 매일 불안해하고 있는 우리 삶이 오버랩되었다. 새로운 것을 배우고 인내하면서 착실하게 준비하면 되는 일인데 마치 세상이 멸망이라도 할 것처럼 불안을 가중시키는 지나친 언론과 영상들을, 우리는 냉정하게 판단해야 한다.

사람은 신이 아니기에 단순히 미래를 예상해 볼 수 있을 뿐이다. 세기말의 해프닝을 통해서 우리는 필요 이상의 불안감을 이기고 나아가야 할 길에 대해 한 번 더 고민하는 시간을 가졌으면 좋겠다. 대학 동기는 그 강릉 미대 친구와 연을 맺지 못하고 다른 이와 결혼했다.

영원한 사랑
핑클

▶

이젠 내 사랑이 되어줘
내 모든걸 너에게 기대고 싶어
언제나 나를 지켜줄 너라고
변치않는 영원한 사랑을
약속해줘

1999년 SES와 양대 산맥을 걷던 핑클이
큰 사랑을 받았던 곡이다.
지금은 사십 대가 되어 버린 핑클이지만
그때를 추억해 보면 요정은 아니더라도
꽤 매력적이었다.

타이어를 교환하며

♪ 일기예보 – 좋아 좋아

　얼마 전 영하의 추운 날씨에 주행하다 미끄러지는 느낌이 들었다. 내려서 타이어를 자세히 보니 안쪽에 편마모가 생긴 게 보였다. 세월의 흔적인지 사이드 쪽은 조금씩 균열이 되고 있었다.

　"아이고, 타이어에 너무 신경을 쓰지 않았구나."

　혼자 타이어를 보면서 중얼거렸다. 출고된 지 6년이면 타이어의 수명도 다된 건데. 자동차를 잘 안다고 생각하면서도 이런 관리 실수를 하곤 한다. 요즘에는 타이어 구입 루트가 다양해져서, 최근에 가장 좋은 평을 얻고 있는 앱을 활용해서 구입해 보기로 했다. 예전 체인점 모회사가 방문한 손님의 휠을 고의로 휘게 하고 휠과 타이어를 같이 팔면서 폭리를 취하는 일이 있었다. 그 뒤로 타이어 구입에 불신이 일어나서 구입 경로가 다양해졌다. 앱을 통해 결제 및 할인 그리고 예약까지 모든 것이 한번에 이루어지는 좋은 시스템이 구축된 것이다.

　연차를 내고 한가한 시간에 방문했더니 주문한 타이어가 도착해 있고 사장님이 알아서 척척 장착해 주신다. 금호의 신제품 타이어 교체를 보고 있으니 1996년 첫 차의 타이어를 교체하던 일이 생각났다.

현대의 첫 스포티 카 스쿠프가 나의 첫 애마였는데 중고로 구입해서 이것저것 손볼 곳이 많았다. 그 당시만 해도 내구성이 그렇게 높지 못해서 말썽을 자주 일으키곤 했다. 하루는 차량 정비 중에 타이어를 보니 안쪽 사이드월이 혹이 난 것처럼 불룩 솟아나 있었다. 계속 놔두면 고속 주행 시 타이어가 파손될 수 있어서 바로 교체할 필요가 있었다. 그때 금호타이어의 광고가 머릿속을 스쳤다.

"달리고 싶은 욕망은 끝이 없다. 거침없는 힘으로 노면을 제압한다. 파워 레이서2!"

이 제품을 너무 갖고 싶었다. 광고처럼 눈길도 빗길도 고속 주행도 문제없는 최신형 타이어! 차량에 장착하고 얼마나 좋았는지 친구들에게 구경시켜 준다고 부르기도 했다. 겨울에 눈길에서 언덕을 "파워레이서2!"라고 크게 외치며 올랐다가 절반도 못 올라가고 옆으로 미끄러져 내려와 친구들이 배꼽을 잡고 웃었던 흑역사가 떠올라 혼자 피식 웃음을 지었다.

그 이후 우리나라의 타이어 기술은 나날이 발전했다. 아마도 지금은 윈터(winter) 타이어를 장착한다면 눈길을 제법 올라갈 수 있을 것이다. 일상의 사소한 일과 과거의 추억이 교차되면서 하루 종일 타이어를 보면서 웃음을 짓게 하니 즐거웠던 기억은 삶을 살아가는 작은 활력소임이 분명하다.

장착하고 돌아오는 길은 한없이 매끄럽고 부드러웠다. 사실 자동차라는 것이 여러 부품의 조합으로 이루어져 있긴 하지만, 그중에서도 지면을 다니는 것은 타이어이니 타이어가 가장 중요한 부품임을 강조해도 부족하지 않다. 올겨울 안전을 위한 기본 타이어 교체를 추천해 본다.

좋아 좋아

일기예보

▶

**네가 좋아 너무 좋아
모든 걸 주고 싶어
너에게만은 내 마음
난 꾸미고 싶지 않아**

당시 곡들은 고유한 개성을 가지고 있었다.
독특한 음색에 이십 대의 마음을 잘 표현한
일기예보의 곡에 빠져서 첫 차를 사고
테이프가 늘어지게 들었다.

들여다보면

♪ 베리 매닐로우
- Can't Smile Without You

나만 사는 것이 힘들고 불만투성이인 것 같다면 그 이유는 남의 삶을 자세하게 들여다보지 못한 결과일 것이다. 남과의 비교가 없는 원주민들의 삶은 원시적이긴 하지만 불행하거나 소외되거나 빈부의 격차가 있을 수 없는 그저 한 끼 식사와 생존이 감사한 삶이다. 물론 단순하게 원시 원주민의 삶과 비교하는 것이 우습긴 하지만 우리들은 그동안 모두 남과의 비교를 두고 살아가는 것이라고 암묵적으로 교육받고 살아왔다. 타인과의 비교 기준을 어떻게 두는가에 따라 우리의 삶은 행복하게도 불행하게도 변한다.

며칠 전 봤던 영상에서 신도시에 사는 사람들이 저축하지 못하는 이유라는 섬네일로 시작하는 영상이었는데 꽤나 사실적인 내용에 동감했다. 신도시에 아파트를 대출로 장만한 맞벌이 신혼부부. 그들은 환경이 비슷한 이웃 부부들과 모임을 가지게 되면서 삶이 변화하기 시작한다. 타고 있던 국산차를 벤츠나 BMW로 바꾸고, 근처에 필라테스나 헬스클럽을 등록한다. 유모차와 유아용품도 값비싼 것으로 구입하고, 주말이면 캠핑이나 외국 여행을 떠나면서 이웃의 사람들과 동기화되게 된다. 서로를 비교하면서 관찰하고, 조금이라도 더 우위에 올라서고 싶은 욕망이 저축은 고사하고 경제적인 한계점에 금방 도달하게 만든다. 그 신도시 안에서 그들은 부요하고 자유로운 그들의 왕국을 만들었지만 다가올 미래에 대한 준비는 전혀 되어 있지 못하다는 중요한 이야기로 결말을 지었다.

사실 누구의 잘못이라고 단정 지을 수 없다. 서로 비교할 수 있고 풍요롭게 살기 원하는 삶이 나쁘다고 말할 수도 없다. 누구나 넉넉하고 잘살고 싶기 때문이다. 우리보다 훨씬 괜찮을 것이라고 생각하는 남들의 삶도 들여다보면 각각의 문제와 고민들로 가득 차 있다. 경제적 문제나 질병의 문제 혹은 가족 간의 문제 등 다양하고 남들에게 말하지 못하는 것들로 말이다. 요는, 우리의 삶을 우선으로 돌아보고 감사하지 않는다면 문제는 해결되지 않는다는 것이다.

처음 이야기로 돌아와서 남들과의 비교에서 비슷하거나 따라가지 못한다면 우리는 정말 불행한 삶인가? 이제 일반적인 비교보다는 나를 주인공으로 삼고 내 인생을 살아 보는 건 어떨까? 평범한 이야기 같지만 우리의 행복을 기준으로 이야기를 쓰면서 살아 보고 싶다. 아이들에게도 행복의 척도(尺度)가 나에게 있다는 것을 알려 주고 싶다. 비교 때문에 슬퍼하고 좌절하게 되는 많은 사람들이 떠올라 이야기하고 싶었다. 모두의 마음에 평안이 가득하길.

Can't Smile Without You
베리 매닐로우

▶

**당신도 알잖아요.
당신 없이는 내가
웃음을 지을 수 없다는 걸**

오늘 따라 노래 가사가
가슴 깊이 울려 와서
몇 번이나 누워서 듣고 들었다.

하늘은 다양한 이야기를 우리에게 건네는 것만 같다.

칠순여행

♪ 길버트 오셜리반 - Alone Again

　아버지의 칠순을 맞아 가족 모두 같이 여행을 떠나기로 했다. 아버지께서 소박하게 여행하자는 부탁도 하셨고, 형편에 맞게 외국 여행이 아닌 강원도 속초로 가족만 함께하는 단출한 이 박 삼 일의 일정이었다. 나도 대학 병원에서 시술하고 사 개월이 지나 회복에 집중하던 시기였고, 5월이라 날씨도 화창해서 강원도로 향하기에 조건이 좋았다. 여행을 가기 전에는 가족들에게 저녁 식사 시간에 아버지에게 감사의 편지를 써 와서 읽어 드리기로 미리 이야기를 해두었다.

　출발하는 날은 날씨가 조금 쌀쌀했지만 하늘이 맑아 다행이었다. 어머니가 좋아하는 꽃이 화창한 공원에서 나란히 줄지어 걸으며 이야기를 나누었다. 중간에 사진 촬영도 하고, 공룡능선이 보이는 멋진 곳에서 사륜구동 ATV 자동차를 타고 드라이브를 하면서 설악산 경치를 만끽하며 가족 모두 행복한 시간을 보냈다. 맛있는 횟감과 고기를 사가지고 펜션에서 음식을 준비했다. 식사 시간에는 아버지에게 칠순을 축하해 드리고 가족들은 감사 편지를 읽으며 따뜻하게 안아 주었다. 아내는 그동안 힘들었던 설움과 만감이 교차해서 인지 아버지에게 편지를 읽어 드리면서 울음을 터트렸고, 아버지에게 안겨서 10분이 넘게 10년의 마음고생을 따뜻한 눈물로 흘려보냈다. 보고 있는 가족 모두 같이 함께 울었다.

이 일이 벌써 6년 전 일이 되었다. 그동안 아버지는 기관지가 약해져서 천식 치료와 기관지 용종을 제거하는 시술도 받았다. 그리고 얼마 전에는 50년이 넘도록 변함없이 일하던 법무사 사무실도 그만두었다. 해마다 건강과 체력이 달라지니 걱정이 된다. 예전과 다른 아버지의 모습을 보면서 6년 전 행복했던 칠순여행의 추억이 떠올랐다. 무드셀라 증후군이라고 했던가. 무드셀라는 성경 속 노아의 아버지로 969세까지 살았던 인물인데 오랜 세월을 살면서 좋은 추억만 기억했다는 것에서 유래했다고 한다. 나도 오늘은 무드셀라처럼 아버지가 건강하기를 간절하게 기도하며 행복한 추억에 잠겨 본다.

Alone Again

길버트 오셜리반

▶

Alone again, naturally
To think that only yesterday
I was cheerful, bright and gay
Looking forward to,
well who wouldn't do

예전에 가사를 모르고 들었을 때
너무 흥겨운 노래로 알고 좋아했었는데
가사의 의미를 알고 나서는 뮤지션의 슬픔에 대한
표현에 다시 한번 놀라게 된다.
아버지, 어머니를 모두 떠나고 혼자 남았다는
가사의 내용을 들으며 살아 계실 때에
추억을 만들고 함께하는 것이 부모님에 대한
사랑이 아닐까 하는 생각이 들었다.

음식 이야기

♪ 앤서니 라자로 - Sunday Breakfast

　아프고 나서 가장 먼저 변한 게 음식이었다. 병원에 누워 있으면서 머릿속에서 후회되는 기억 중 가장 많이 떠오른 것이 기름지고 건강과 먼 음식들을 먹은 것이었다. 퇴원 후에 바로 원래 먹던 식단과는 다른 식단으로 신경 써서 먹기 시작했다. 국, 찌개, 젓갈 등 나트륨 함량이 높은 음식과 기름지고 느끼한 고기류도 멀리했다. 좋아하지 않았던 야채가 건강해진다는 생각만으로 달콤하게 넘어갔다. 거기에 건강 보조 식품까지 먹으면서 변화된 식생활을 이어 간 게 벌써 4년이 넘었다. 강박에 가깝게 음식을 먹다 보니 음식에서 오는 스트레스가 쌓이기 시작했다. 나의 기준에서 건강하게 느껴지지 않는 음식을 먹게 되면 하루 종일 기분이 좋지 않았다. 건강을 위해 운동도 게을리할 수 없었다. 이러한 결과는 건강보다 오히려 스트레스 지수를 높여 갔다.

　무엇이 잘못되고 있다고 느낀 것은 최근이었다. 모두가 두려워하는 암(癌)이라는 한자의 구조를 보면 입 구 자가 세 개나 보인다. 입으로 들어가는 음식이 병을 만들기도, 건강한 몸을 만들 수도 있다는 의미로 해석할 수 있다. 그만큼 음식은 우리의 몸을 건강하게 만드는 가장 중요한 수단이다. 하지만 그러기 위해서는 음식을 먹는 마음 그리고 편안함이 더 우선되어야 한다. 음식의 강박에서 벗어나 보기로 했다.

첫 번째, 무조건 거부하기보다 국은 건더기만, 그리고 채소에 집착하지 않고 골고루 먹되 양을 조절하고 즐거운 마음으로 먹기로 했다. 그러자 이전보다 훨씬 건강도 좋아지고 마음도 편해졌다. 항상 살면서 배우는 것이지만 과하지도 부족하지도 않게 알맞게 행하는 것이 어렵지만 가장 현명한 일이다. 최근 1년 정도 먹고 있는 아침 루틴인데 효과가 너무 좋아서 추천해 본다. 편리한 소형 전기 찜기를 활용해서 더욱 편하게 조리할 수 있다.

삶은 계란 두 개.

사과 반쪽.

삶은 당근 반쪽.

품질 좋은 이탈리아, 스페인 엑스트라 버진 올리브오일.

오일을 넉넉하게 두를 것!

설탕 없는 블랙커피와 함께 먹고 있는데 몸이 가벼워지고 변화되는 것이 좋아 건강한 아침 식단으로 강력 추천해 본다.

Sunday Breakfast
앤서니 라자로

▶

I'll make it up for life
So if you want
To come back home
I will be cooking
Sunday breakfast

어쿠스틱 기타의 따뜻한 선율과
모닝커피를 자극하는
몽환적인 목소리가 일품이다.
여유 있는 건강한 아침 식사를 하면서
함께 들어 보길 추천한다.

음식 이야기 (2)

♪ 스텔라 장
 - L'amour, Les Baquettes, Paris

식단에 변화를 주고 나서 달라지는 나의 모습에 음식과 우리의 삶을 연결하여 생각해 보았다. 우선 먹을거리에서부터 시작한다. 들에서 밭에서 자라는 채소와 사람들을 위해 키워진 동물들까지 모두 많은 손을 거쳐 우리에게로 온다. 생산자에서 소비자에게 직접 전달되기도 하고 가공업자에게 이동되어 일 차, 이 차 가공이 되기도 한다. 물론 가공이 되면 사람이 먹기는 편리하다. 하지만 불필요한 성분이 포함되면서 건강에 유익하지 못하게 변하는 식재료도 무척 많다.

우리는 하루에 세 끼를 먹고 산다. 물론 늦게 일어나거나 패턴이 달라서 2끼를 먹는 사람도 많다. 어찌 되었든 음식을 먹고 살면서 삶을 영위해야 한다는 것인데 이렇게 중요한 문제임에도 우리의 음식에 대한 생각과 식사는 그렇지 못한 것 같다. 휴식 때문에 5분 안에 초스피드로 해결하는 점심, 빠른 주문으로 먹을 수 있는 편리한 인스턴트 음식들, 그리고 퇴근 후에 즐기는 기름진 고기와 술, 늦은 밤 야식까지 우리의 허기를 채우고 포만감을 주었지만 이러한 식사와 음식에서는 여유와 건강은 찾을 수 없다. 이 같은 식생활이 나쁘다고 비난하는 것은 아니다. 하지만 건강에 이롭지 않은 음식의 섭취는 건강과 연결되어 나중에 우리에게 돌아온다.

후회로 돌리기에는 늦어 버리는 경우도 생긴다. 최근에 먹고 있는 건강한 아침 식사를 주변에 소개하니 관심을 갖고 실천해 보겠다는 사람들이 생겨났다. 왜 관심을 가졌냐고 물었더니 건강을 잃기 전에 식생활을 바꿔 보고 싶다고 했다. 맞다! 정말 작은 변화가 필요하다! 이렇게 1년 정도 건강한 식단을 주변에 전하니 따라서 건강한 식사를 하는 사람들이 생겨났다. 연말이면 과식과 폭음을 하던 사람들이 이제는 여유 있고 건강한 식사를 즐기고, 고깃집에서 회식하던 자리가 모닥불에 모여 가볍게 와인 한잔에 이야기를 나누는 자리로 변화되었다. 건강한 음식을 나누는 사람은 주변에 건강하게 삶을 영위하면서 함께 살아가게 되는 친구와 친분이 유지되고, 건강하지 못한 습관을 늦게까지 가진 사람은 그 비슷한 결과를 가지게 될 주변 사람과 함께하게 될 것이다.

물론 아직도 매일 퇴근 후에 술 한잔에 삶의 시름을 털어 버리는 친구도 있고 어린이처럼 햄과 소시지에서 벗어나지 못한 직장 동료도 있다. 사는 날까지 건강 문제는 무척 중요하다. 여기에 음식이 미치는 영향력은 크기만 하다. 우리에게 정말 필요한 것은 건강하게 자란 식재료로 만든 음식과 여유 있는 식사 시간, 그리고 편안한 마음일 것이다. 오늘 하루도 바쁜 직장 생활에 끼니를 거르고 급하게 먹고 사는 모두에게 작은 도전이라도 해 보라고 전하고 싶다.

L'amour, Les Baquettes, Paris

스텔라 장

▶

Même si je ne te revois pas
넌 다시 볼 수 없더라도
Tu seras toujours une partie de moi
넌 항상 나의 일부일 거야
Pour plein d'aut' gens, c'est la magie
다른 많은 사람들에겐 마법이고
L'amour, les baguettes, Paris.
사랑이고 바게트겠지, 파리

샹송이 프랑스만의 것이 아니라는 것을
알게 해 준 낭만적인 가수다!
감미로운 프랑스 발음도 매력이지만
가사는 더욱 담백하다는 것!

워크맨(Walkman)

♪ 김건모 - 헤어지던 날

추억 속으로 돌아가 보면 처음으로 음악과의 사랑에 빠지게 된 계기는 아버지에게 선물받은 86년도 소니 워크맨(Walkman) 제품이었다. 귀하기도 했지만 테이프 녹음과 라디오 기능까지 있어서 좋아하는 라디오를 녹음할 수 있는 최첨단 기기였다. 갑자기 워크맨 생각이 떠오른 건 큰아이의 질문 때문이었다.

"아빠, 엄마가 쓰던 소니 워크맨 어떻게 살릴 수 있어요?"

"응, 어디 보자. 보조 배터리 통이 없어졌으니 아무래도 중고로 구입하면 작동하지 않을까?"

"아빠, 예전 테이프 가지고 계세요?"

"LP 빼고 다 버렸을 거야. 에고, 괜히 버렸나 보다."

그리고 얼마 지나지 않아 큰아이는 제품을 들고 용산에 워크맨 장인을 수소문해서 완벽하게 수리했다. 심지어는 중고로 스콜피온 테이프까지 구입해서 멋지게 소니 워크맨을 부활시켰다. 1986년도의 나의 모습처럼 한 손에 워크맨을 들고 이어폰 줄을 길게 늘어트린 모습에 멋지기도 했지만 신기해서 큰 아이에게 물었다.

"워크맨 테이프로 음악을 들어 보니 어때?"

"음이 따듯하고 멋져요! 완전 제 스타일이에요."

"아빠도 한번 들어 볼까?"

이어폰을 통해 들려오는 따뜻하고 익숙한 소리에 저절로 눈이 감겨 버렸다.

"와 오랜만에 이 소리를 들으니 정말 좋구나!"

나도 모르게 한참을 이어폰을 빼지 못하고 추억에 빠져 스콜피온의 멋진 노래를 감상했다.

"아빠, 나중에 김건모 4집 테이프 중고로 구해 주세요. 제가 정말 좋아하는 곡이 들어 있어요."

"알았어. 중고 장터에서 하나 꼭 구입해 줄게."

큰아이가 말한 것들은 모두 예전 이사 때 버린 나의 추억의 보물 테이프 속에 다 있던 앨범들이었다. 이렇게 MZ 세대들이 테이프를 듣고 좋아하는 시설이 올 줄은 몰랐다. 이어폰을 끼고 1990년내 음악을 듣고 행복해하는 큰아이의 모습을 바라보면서 1986년도에 아버지도 나를 보면서 똑같은 맘으로 행복해하셨을 거라는 생각이 들었다.

헤어지던 날

김건모

▶

헤어지던 날 몹시 울었어
다른 사랑에 내가 싫어졌던 거야
널 볼 수 없단 생각에 난 두려워져
멀어져 가는 뒷모습 달려가 잡고 싶은데

큰아이가 갖고 싶어 하는 김건모의
4집 앨범 중에 가장 좋아하는 곡이다.
오랜 추억이 묻은 물건이
음악을 매개로 아들과 나의 세대를
연결해 준 것 같아 행복했다.

마음의 병

♪ 유키 구라모토 - Meditaiton

2018년 시술 중에 찾아온 심정지는 강한 트라우마를 남겼다. 불을 끄고는 잠들지 못했고, 아랫배가 덜덜 떨리면서 불안감이 강해지고 초조함이 심했다. 그 때문에 불안치료제인 자낙스를 삼 개월 처방받았다. 불안하고 초조할 때 복용하면 이불 속으로 몸이 빨려 들어가는 것 같은 특이한 경험을 하였는데 잠도 무척 깊게 들었다. 초반에 이 약 덕분에 불안감에서 잠시 해방될 수 있었다.

지금껏 살아오면서 공황장애와 불안장애에 대한 편견이 있었는데 모두 의지가 부족해서 생기는 병 정도로 치부(置簿)했었다. TV 속에 나오는 연예인들도 의지 부족으로 보였고 부와 모든 것을 가진 사람들이 걸리는 꾀병쯤으로 보였다. 하지만 내가 이러한 불안장애 고통을 겪게 되었다.

삼 개월이 지날 무렵 우연히 자낙스의 부작용에 대한 글을 보고 단약을 해야겠다는 생각을 했고 의사 친구와 상의도 없이 약을 먹지 않았다. 그날 저녁 심장 쪽이 아파 오면서 식은땀과 아랫배가 떨려 오기 시작했다. 두 시간도 못 버티고 약을 복용했는데 신기하게 심장통증약도 아닌데도 통증과 불안감이 한번에 사라졌다. 이날 경험으로 나는 약을 쉽게 생각하지 않기로 했다. 친구와 상의를 통해 정말 조금씩 약을 줄여 나가기 시작해 마침내 단약을 성공할 수 있었다. 물론 지금도 과도한 스트레스가 있을 경우나 몸이 컨디션이 떨어질 때면 불안장애가 가끔 나타날 때가 있다.

몸의 병도 무섭지만 마음의 병은 더 무서웠다. 사람은 자기 자신이 고통을 맞이하게 되면 남의 고통을 이해할 수 있는 마음이 생기는 것 같다. 마음의 병은 모두에게 생길 수 있는 병이다. 오히려 성실하거나 열정적인 사람들에게 더 많이 생길 수 있다고 하니 평범한 우리 주위의 모든 사람에게 다가올 수 있는 병이다. 요즘은 가슴이 답답하거나 우울한 증상이 생기면 가벼운 산책을 많이 하기도 하는데 편안한 음악을 들으며 걸을 때 마음이 가장 편했다. 생각도 정리되면서 책에 대한 이야기를 머릿속으로 구상도 할 수 있었다. 증상이 심하다면 나약한 자신을 탓하지 말고 병원 진료와 약을 복용하면서 마음의 안정을 찾기 위한 다양한 방법을 찾길 바란다.

Meditaiton
유키 구라모토

▶

♪

노이즈캔슬 기능이 있다면
더 좋을 것 같다. 고요함 속에 이어폰
속으로 들려오는 차분한 피아노 소리로
몸과 마음도 쉴 수 있는 시간을 주자.

남다른 걸(girl)

♪ 쿡 다 북스 - Your Eyes

　　내 친구 중에는 남다른 걸이 있다. 남들과 다른 엄청난 노력으로 유지하는 자기관리 때문이다. 다른 점이라면 여자라는 것! 그리고 어릴 적 교회에서 좋아하던 친구라는 것! 이 친구의 첫인상은 참 눈이 크고 여성스러워서 당시 또래 남학생들이 다 좋아하기도 했다. 수줍은 많던 고등학교 시절은 말도 걸지 못했고, 스무 살이 되던 해 겨울 교회에서 멋지게 둘렀던 목도리 덕분에 그 친구와 말을 해 볼 수 있었다.

　　그 이후 같은 동아리 활동을 하면서 점점 친해졌다. 여사친처럼 밥도 먹고 영화도 보고 즐겁게 시간을 보냈는데, 당시 나는 고백할 용기도 없었고 시간은 무심히 흘러 버렸다. 대학교를 늦게 진학한 덕에 다시 만나게 되었지만 전문대를 먼저 다녔던 친구는 나보다 먼저 졸업했다. 취업과 동시에 얼마 안 가서 결혼을 했고, 틈틈이 연락은 했지만 그 이후로는 40세가 될 때까지 연락이 끊기고 말았다.

　　2014년 더운 여름, 퇴근길에 낯선 번호로 전화가 왔다. 한참을 받을까 고민하다 전화를 받았는데 너무도 반가운 목소리가 들렸다.

"준영아, 나야, ○○야. 잘 지냈어?"

목소리를 듣고 한 번에 누구인지 알 수 있었다.

"너무 반가워! 내 전화번호 어떻게 알았어?"

우연히 초등학교 동창회를 나갔다가 나의 안부를 아는 친구들을 수소문해서 내 연락처를 알아냈다고 했다. 그렇게 우린 다시 만났다. 어릴 적 그 친구와 같이 단짝처럼 다녔던 친구(앞 글에 나왔던 ENFJ 친구)까지 총 세 명이 모여서 삼총사처럼 모여서 밤늦게까지 이야기꽃을 피웠다.

밀렸던 15년의 이야기는 길고 길었다. 친구는 아이를 낳고 힘들었던 부부 문제를 극복하기 위해 건강도 찾을 겸 수영을 시작했다고 했다. 수영을 통해 몸과 자신감이 생기자 자전거를 추가하게 되었는데 그 덕분에 인생에 큰 변화가 생기기 시작했다고 한다. 자전거 이야기를 하면서 눈이 초롱초롱 빛나는 모습을 보니 예전에 여성스럽던 모습은 사라지고 자전거 매니아의 모습만 남았다는 생각이 들었다. 넘어지고 다치기를 반복하면서도 멈추지 않았고, 처음 시작할 때만 해도 몇 킬로미터 주행하던 것에서 이제는 강원도를 갈 수 있는 정도로 자전거에 대한 열정과 체력이 점점 좋아졌다.

하지만 그 친구에게도 커다란 시련이 찾아오게 되었다. 갑자기 나타난 보행자를 피해 고정된 차량 진입 방지 장치인 스텐볼라드와 충돌하게 된 것이다. 그 사고로 인해서 대퇴부 뼈가 부러지는 커다란 부상을 당해 큰 수술을 하고서 장기간 입원을 하게 된다.

걱정은 기우(杞憂)였다. 아마도 다른 사람이라면 트라우마로 인해 자전거를 팔고 당장 그만두었을 텐데 친구는 다시 재활을 하면서 자전거로 복귀했다. 하지만 통증이 올 때나 핀을 뽑는 재수술을 할 때면 솔직히 두렵고 타지 말까 하는 생각이 자주 들었다고 한다. 최근에는 헬스까지 시작해서 어느새 바디 프로필을 촬영했다며 사진을 보여 주었는데 정말 존경심마저 들었다. 오십 세의 나이에 군살 하나 없이 체지방을 조절하고 강인한 자전거를 타는 체력까지 가질 수 있었던 건 그동안 인내하고 흘린 땀방울의 결실이 아닐까 하는 생각이 들었다.

얼마 전 오랜만에 만나 식사를 하면서 놀라운 말을 들었다. 24년도에 개최하는 장거리 자전거 대회인 그란폰도를 마지막으로 자전거를 그만 탈 것이라고 한다. 아이들도 크고 남편의 퇴직 시기도 가까워져 새로운 사업에 도전해 보고 싶다고 했다. 우리 나이는 결코 인생의 퇴직 시기가 아니다. 그동안 경험하고 살면서 배운 것들이 절정에 이른 가장 충전이 많이 된 배터리 완충 같은 상태다. 무엇이든 두려움을 떨치고 노력하면서 도전하는 아름다운 대단한 걸의 미래와 앞날에 축복을 바라 본다!

Your Eyes
쿡 다 북스

▶

Your eyes opened wide
As I looked your way
Couldn't hide what
They meant to say

학창 시절의 모습이 떠올라서
당시 만인의 연인 소피 마르소 주연의
'라 붐 2'의 OST를 선택해 봤다.
이 음악은 말이 필요 없다.
듣기만 해도 그 시절로 돌아가게 된다.

무자식하팔자(無子息下八字)

♪ Ben E. King - Stand by me

어머니가 아주머니와 전화를 마치고 웃으면서 다가오신다.

"왜요? 아주머니 뭐 필요한 거 있으시대요?"

"알티지 오메가3 좀 구입해 달라고 해서."

"알았어요. 구매해서 아주머니 집으로 보내 드린다 하세요."

좀 귀찮기는 하지만 어려운 일은 아니기에 아주머니한테 필요한 것이 있으면 종종 인터넷을 통해 필요한 물건을 주문해 드리고 있다. 아주머니는 엄마의 가장 친한 친구분이시고 혼자서 사신다. 최근 유방암 진단을 받으신 상태라 뭔가 작은 것이라도 도와 드리고 싶었다.

아주머니는 결혼도 늦게 한 데다 다 큰 자식이 3명이나 있는 곳으로 시집을 갔다. 방황으로 집을 나간 큰딸 때문인지 나머지 아들 둘을 잘 키우기 위해 본인 아이는 낳지 않은 채 남의 자식을 키우셨지만 본인 뜻과 달리 육아는 쉽지 않았다고 한다. 시간이 한참 지나고 남편의 사업 실패로 형편이 어려워지자 자식들은 자기 살길을 찾아 떠나고 어려워진 부모를 멀리한 채 찾지 않았다고 했다. 최근 아주머니는 유방암 진단으로 심적으로 불안정해졌다. 그러면서 집에서 혼자 있는 시간이 많아지자 어머니에게 자주 전화해서 정신적인 괴로움을 토로하시곤 한다.

무자식 상팔자라고 많이들 이야기한다. 자식이 없는 것이 도리어 걱정 없이 편하다는 뜻이다. 물론 자식을 낳아 키우는 과정은 어렵다. 많은 정성과 사랑도 필요하고 경제적인 문제까지 엮여 수많은 과정을 거쳐야 한다. 결론만 본다면 아이들이 자라나는 과정은 걱정보다는 행복과 기쁨이 큰 것이 사실이다. 칠십 대에 자식이 있지만 외면당하고 홀로된 아주머니의 모습을 보면 무자식하팔자(無子息下八字)라는 말이 맞는 듯하다. 돌보는 자식이 없는 아주머니의 삶은 불편하고 아프고 외롭다. 사람의 인생 중 가장 따뜻해야 할 황혼이 너무 쓸쓸하다는 것이다.

최근 겪은 아픔으로 인해 죽음이라는 두려움보다는 고통스러운 시간 동안 외롭게 지내야 하는 것이 가장 걱정된다는 아주머니의 말씀을 듣고 노년에 홀로된 삶에 대해 다시 한번 생각해 보게 된다.

누구나 노년의 시기를 맞이하게 된다! 우리가 인생의 길을 달려가는 중이든, 혹은 조금 더 젊은 세대들이든 대부분은 노년에 대해서는 생각하지 않는 경향이 있다. 현실에 안주하거나 결혼에 대해 무관심하고, 혹은 결혼을 하더라도 자녀를 둘 필요는 없다는 인식이 최근의 트렌드인 듯하지만, 시간이 흐르면 결국 모두 노년을 맞이하게 된다. 어떤 노후를 맞이할 것인가에 대한 생각은 모두가 다르겠지만 아주머니처럼 외롭고 쓸쓸한 노후는 아니었으면 좋겠다.

오늘 아주머니는 당장 입원하라는 병원 의사의 권고에도 돌봐

줄 사람이 없으니 일주일만 정리할 시간을 달라고 하셨다는 이야기
에 어머니는 무척 슬퍼하셨다.

Stand by me

Ben E. King

▶

하늘의 달빛이 유일한 빛이라도
나는 두렵지 않을 거예요.
당신이 내 곁에 있어 준다면
나는 두렵지 않을 거예요.

가사의 내용처럼 아주머니의 암 치료가
잘되길 기도하고 생각 못했던 가족들의
관심과 사랑이 있으면 좋겠다.

남이섬

♪ 류 - 처음부터 지금까지

얼마 전 아이들과 쌀쌀한 2월 말 남이섬으로 당일치기 여행을 다녀왔다. 개학하기 전 남은 방학 기간 동안 떠나는 짧은 여행이었다. 남이섬은 미혼 시절 고가로 구입한 디지털카메라로 사진을 찍기 위해서 자주 방문했던 곳이다. 당시 남이섬은 경영 악화로 사람이 없어서 여유롭다 못해 쓸쓸하기까지 했다. 식사할 곳도 마땅치 않았는데 가장 믹을 민한 깃이 추억의 도시락이었다. 나름 기격도 저럼히고 운치 있어서 같이 간 친구와 사진 찍고 산책도 하고 도시락으로 간단하게 식사를 해결했었다.

그 이후로도 남이섬은 점점 외딴 섬으로 변해 가는 듯했다. 하지만 인기 드라마 '겨울연가'가 방영된 이후 수많은 일본인 관광객이 방문한 덕분에 남이섬은 멋지게 부활하여 지금의 관광지로 탈바꿈했다. 예전과 달리 남이섬 곳곳에 모닥불과 카페, 다양한 음식점과 호텔, 펜션 등 편리한 숙박 시설 등이 생겨났다. 섬으로 건너가는 배도 안전하고 규모가 큰 신형으로 교체되었다.

다시 아이들과의 여행으로 돌아와서 이야기하겠다. 집에서 아홉

시에 출발해 열한 시에 도착했는데 의외로 관광버스가 주차장에 가득했다. 일본인 관광객이 아닌 말레이시아 관광객들이 압도적으로 많았고, 남이섬으로 향하는 배 전면에도 만국기 가운데 태극기와 말레이시아 국기를 계양하고 있었다. 아이들은 멀리 보이는 남이섬 풍경을 처음 구경하느라 신기해했다.

나는 가이드가 된 것처럼 섬에 도착하기 전에 예전 운행했던 작은 배 이야기, 도시락 이야기, 남이섬에 있는 남이장군에 대한 역사 이야기까지 설명해 주었다. 그런데 간단한 설명이 끝나기도 전에 배가 도착하여, 나는 아이들과 남이섬으로 향했다.

오랜만에 방문하는 것이지만, 남이섬은 항상 설렘을 불러일으키는 기분 좋은 장소이다. 오늘은 아이들과 함께여서 여느 때보다 더 행복하고 즐겁다. 물가라서 그런지 제법 쌀쌀함이 느껴졌지만 군데군데 만들어진 따뜻한 모닥불에 몸을 녹이면서 가면 추위 또한 낭만이 된다. 관광객을 유혹하는 마시멜로 굽기까지 하면 모닥불의 재미는 더 배가된다. 이를 지나칠 수 없어 아이들과 마시멜로를 알맞게 굽기도 태우기도 하면서 한참을 모닥불 앞에서 즐거운 시간을 보냈다.

그런 뒤에는 사방에 풀어놓은 공작새들을 구경하면서 도착한 남이섬의 명소 메타세쿼이아 길에서 아이들과 사진을 남기고, 섬 주변을 크게 돌아 산책을 하면서 아이들과 많은 이야기를 나누었다. 사춘기가 된 아이들과 간만에 오랜 시간 여유 있게 많은 주제를 가지고 웃으며 이야기를 나눈 것 같다. 그동안은 아이들과의 시간을 놓쳤지만 강가를 바라보며 차 한잔하는 귀한 시간을 통해 서로를 좀 더 알아가는 것 같아 이 시간이 무척 소중했다.

남이섬까지 왔으니 닭갈비는 필수 코스다. 닭갈비를 파는 식당으로 가서는 아이들이 좋아하는 퐁듀와 우동 사리를 추가했다. 나뿐만 아니라 아이들 역시 밥까지 볶아서 맛있게 싹싹 비웠다. 작은 아이가 날이 좋은 날 또 와 보고 싶다면서 남이섬이 무척 맘에 든다고 이야기했다.

돌아오는 차 안에서 아이들은 깊은 잠에 빠졌다. 잠든 아이들을 바라보니 여러 가지 생각이 들었다. 아마도 아이들 역시 행복은 멀리 있지 않고 항상 마음속에 있음을 알 것이라 생각한다. 작은 것에 감사할 줄 안다면 우리의 삶은 언제나 행복으로 가득할 것이다.

처음부터 지금까지

류

▶

내게 올 수 없을 거라고
이젠 그럴 수 없다고
제발 그만하라고 나를 달래지
정말 잊어버리고 싶어 다신 볼 수 없다면
나를 잡고 있는 너의 모든 걸

겨울연가 OST로, 남이섬의 주제곡 같은
곡이다. 겨울연가가 2002년도 드라마이니
벌써 20년이 지났다. 이 드라마는 한류의
시작점이 되었던 의미 있는 작품이다.
겨울이 되면 남이섬이 떠오르는 이유가
이 드라마 때문일지도 모른다.

나의 사랑 우쿨렐레(ukulele)

♪ 하찌와 애리 - 차라도 한 잔

밀양에 내려와 있으면서 가장 힘들었던 것은 외로움이었다. 밀양 시내에서 20km나 들어와서 면을 지나 조금 더 깊숙한 산속에 들어오면 내가 지내는 곳이 나왔다. 공기도 좋고 물은 깨끗하지는 않았지만 소음이 없는 조용한 곳이었다. 아침이면 새소리와 상쾌한 공기, 사방에 둘러싸인 산들로 인해서 온통 초록 세상이었다. 처음 몇 달은 '나는 자연인이다' 프로그램에 나오는 자연인이 된 것 같아서 아름다운 자연과 함께하는 산책 시간이 좋았다.

사람 마음은 간사하다고 했던가? 얼마 지나지 않아 도시 생활에 익숙했던 나는 답답함과 외로움이 밀려왔다. 사실 도시에서도 가끔 캠핑을 가야 즐겁지, 매일 캠핑장에서 살면 익숙해져서 아무런 감흥이 없다. 산골은 해도 일찍 저물고 저녁이 되면 칠흑같이 어두워서 아무것도 할 것이 없었다. 그 탓에 누워서 숙소에서 티비를 보거나 핸드폰을 만지작거리다 잠드는 시간이 많아졌다. 그러던 중 우연히 유튜브를 보다가 우쿨렐레를 연주하는 두 분을 보게 되었는데 아조 이별 님과 살구 님이었다. 두 사람은 우쿨렐레를 연주하면서 노래도 했는데 이상하리만큼 두 사람의 우쿨렐레 소리가 좋아 가슴이 뛰었다. 결국 나는 주변의 만류에도 일을 마치면 컴컴한 산골길을 한 시간이 넘게 운전하여 진해까지 달려가서 우쿨렐레 학원에 등록했다. 학원 선생님께 기초부터 차근차근 레슨을 받으면서도 내가 우쿨렐레를 배우는 데 영향을 준 두 분의 영상을 보았다. 그러면서 꼭 만나 볼 수 있으리라 생각했다. 매일매일 꾸준히 연습한 끝에 3급 지도사 자격을 취득하고, 1년 만에 꼭 가지고 싶었던 하와이 코아 나무는 아니어도 나름 유니크한 온두라스 마호가니 나무로 만든 아주 멋진 우쿨렐레도 구입했다. 실력 없는 나무꾼이 도끼 탓을 한다고 했던가. 하지만 원래 좋은 악기가 좋은 소리를 낸다고 믿는 나는 학원 선생님이 보유한 하와이 3대 명품 우쿨렐레인 코알로하의 아름다운 사운드를 들어서 그런지 점점 귀만 열려 버렸고, 고민 끝에 일본 티즈사의 수제 우쿨렐레를 입양한 것이다. 하와이 삼 대 우쿨렐레와는 차이가 있지만, 그에 못지않게 음결이 구슬처럼 곱고 따뜻해서 한눈에 반해 지금까지 나와 함께하고 있다.

우쿨렐레는 하와이를 상징하는 악기이지만 유래(由來)로 본다면 포르투칼의 마체테(Machete)가 19세기에 건너와 변형된 것이라 볼 수 있다. 하지만 하와이의 전통 음악과 아름다운 자연이 우쿨렐레의 DNA와 훨씬 잘 어울리고, 하와이에 자생하는 코아(Koa) 나무 덕분에 지금의 하와이만의 독특한 음색을 가진 악기로 변화되었다. 학원 레슨을 통해서 2급까지 취득한 후에 추가로 자격증을 따기보다는 좀 더 다양한 경험을 하고 싶었던 나는 아주이별 님이 하는 원데이 레슨을 받기로 결정했다. 그리고 드디어 만나 보고 싶었던 아조이별 님을 서울에서 만나 우쿨렐레를 배우며 좋은 시간을 가질 수 있었다. 그뿐이랴? 제주도를 휴가 차 방문했을 때에는 딸을 데리고 살구 님이 운영하던 카페인 '고래의 바다'를 방문해 살구 님과 조우(朝雨)하게 되었다. 그때 선물로 받았던 플루메리아(꽃말은 '당신을 만나 건 행운') 꽃을 지금도 악기에 달고 있다.

　당시 파란 바다 건너 우도가 보이는 아름다운 곳에서 왜 우쿨렐레를 시작하게 되었는지 살구 님과 이야기하면서, 내가 힘들었던 순간순간에 우쿨렐레 연주를 하며 견딜 수 있었음을 전했다. 그때의 인연으로 두 분과는 지금까지 유튜브나 인스타 DM을 통해서 연락을 하고 있다. 이렇게 열정으로 함께한 우쿨렐레도 서울로 올라와서 마음에 여유가 없으니 한참을 악기를 손에서 놓고 지내고 있었다. 그런데 얼마 전 아는 지인분이 우쿨렐레를 혼자 배우고 있는데 어려워서 잘 안 된다며 나의 우쿨렐레 소리를 들어 보고 싶다고 했다. 오랜만에 조율을 마치고 하와의 전통 음악과 감미로운 도깨비 OST를 연주하면서 그때의 기억을 되살렸다. 시간은 지났지만 여전히 아름다운 소리를 내는 우쿨렐레를 다시 잡고 연주를 시작해야겠다. 힘들었던 매순간을 함께 해 준 너를 잊고 있었나 보다.

차라도 한 잔

하찌와 애리

▶

밝 해가 동쪽에서 올라오는 걸
우리 함께 바라보면 좀 어떨까요
따뜻한 차라도 한 잔
차라도 한 잔
차라도 한 잔 좀 마셔요

우쿨렐레를 배우게 되면 하찌와 애리의
곡은 필수로 연습해야 한다. 연주하다 보면
자연스럽게 좋아하게 되는 곡이다.
일본 뮤지션인 하찌 씨와
국악인 황애리 씨의 달콤한 화음과
우쿨렐레 연주가 멋지게 어울러진다.

말할 수 없는 비밀
(不能說的秘密)

♪ 등려군 - 아재지호니(我只在乎你)

    '말할 수 없는 비밀'은 2008년도에 개봉한 주걸륜, 계륜미 주연의 로맨스 판타지 영화이다. 대만의 유명 배우인 주걸륜의 첫 작품이기도 한데 사실 난 영화 시월애도 그렇고 로맨스 영화를 무척 좋아한다. 사랑에 굶주린 사람은 아니지만 이런 달달한 작품에서 순수함과 설렘을 느끼는 건 사실이다. 어느 날 우연히 본 피아노 연주 대결 장면 때문에 이 영화를 알게 되었는데, 내용도 나쁘지 않았지만 멋진 피아노 연주, 그리고 잔잔한 음악과 어울리는 분위기 있는 모습이 대만으로 가고 싶다는 마음이 들게 했다.

    10월 어느 날 가을. 원래 계획은 중국 여행이었는데 대만과의 인연이 되려고 했는지 어떤 사정이 생긴 우리는 목적지를 바꿔 대만으로 향했다. 쌀쌀한 10월이었지만 막상 도착한 대만은 32도가 넘는 날씨였고 습도도 높아서 숙소로 향하는 길까지 땀으로 흠뻑 젖었다. 며칠 밤을 지새우며 일한 와이프는 꼬맹이와 숙소에서 곯아떨어졌다. 나는 대만의 본사를 두고 있는 유치원인 Hess를 다녔던 큰아이와 구글 지도를 활용해서 우육면 맛집을 찾아갔다. 로컬 맛집이어서 그런지 현지인들이 가득했는데 큰아이의 중국어 덕분에 맛있는 우육면을 주문하고 먹을 수 있었다. 당시 아이가 유치원에서 중국어를 배운 것이라 잘할 수 있을까 의문이 들었지만 당당하게 중국어로 주문하는 모습에 내심 속으로 기특한 마음이 들어 웃음을 지었다.

대만에 오면 꼭 가 보고 싶었던 곳이 영화에 나왔던 단수이(淡水) 라오제와 주촬영지인 담강 고등학교(淡江高級中學), 홍마오청(紅毛城) 등이었다. 물론 영화를 보지 못한 사람에게는 단순히 역사적 장소이거나 평범한 여행 장소이겠지만 영화를 몇 번이나 본 나는 영화 속 장면이 떠올라 감동이 남달랐다. 가장 기억에 남는 장소는 노을이 내리던 단수이 라오제 근처에서 보낸 시간이었다. 아이들도 아이스크림을 들고 노을을 바라보며 서 있었다. 정말 평화롭고 아름다워서 이 시간이 멈추고 지나가지 않았으면 좋겠다는 생각이 들었다.

대만은 나의 생각보다 훨씬 아름다웠다. 많은 사람들이 필수 코스로 가는 관광버스 패키지인 예스진지 투어도 재미있었고, 스린 야시장(士林夜市)의 다양한 먹거리와 분주한 사람들의 모습들까지 하나하나 모두 기억에 담았다. 이렇게 돌아온 대만에서의 추억은 한참을 일에 집중 못 할 정도로 큰 잔상을 남겼다.

사실 저자는 아주 특이한 여행 기억 방법이 있는데 바로 냄새다. 대만 여행을 마치고 돌아와서 약 두 달 이상 대만의 냄새가 계속 떠올랐다. 이상한 생각에 네이버로 검색하니 나와 같이 냄새로 오랜 기간 특정 나라의 기억을 담고 있는 사람이 있었다. 얼마나 다행인지 모른다 혼자 이상한 사람으로 남을 줄 알았는데 말이다. 영화를 보고 그 장소에 방문해 추억을 남기면 일반적인 기억보다 훨씬 강렬하게 남는 것 같다. 사랑하는 사람과 헤어지고 같이 갔던 장소를 가면 좋았던 쓰라린 기억이 모두 떠오르는 것처럼 말이다.

시간이 되면 다시 한번 대만을 찾아 자유롭게 여행을 하고 싶다. 2시간 반이라는 짧은 거리에 있으면서도 우리나라에서는 볼 수 없는 아름다움을 가진 특별한 곳임은 부정할 수 없다. 통역이 필요 없을 만큼 편한 곳이니 영화 한 편 보고 명장면 투어를 떠나 보는 것은 어떨까?

아재지호니(我只在乎你)

등려군

▶

如果没有遇见你
당신을 만나지 못했다면

我将会是在哪里
난 어디에 있을까요

日子过得怎么样
어떻게 살았을까요

아시아에서 큰 사랑을 받았던 대만 국민가수
등려군 노래 중 가장 좋아하는 곡이다.
평생 아름다운 목소리로 사랑에 관련된 노래를
많이 불렀던 그녀지만 정작 자신은
사랑을 이루지 못한 채 너무 일찍 세상을 떠났다.
지우펀(九分)으로 향하는 버스 안에서
그녀의 노래가 들려와서 부정확한 발음으로나마
작게 흥얼거리던 기억이 떠오른다.

단수이 라오제의 석양

4부

봄의 길목에서

오페라(Opera)

♪ 이문세 - 소녀

오늘의 이야기는 평범한 사람들과 관련이 없을 수도 있는 주제가 될 것 같다. 오페라라는 것이 클래식이라는 진입 장벽이 있기도 하고, 멋진 옷을 차려 입고 예술의전당을 가야 관람할 수 있을 것 같다는 이미지가 있는 만큼 일반인에게는 조금은 가깝지 않은 장르라고 생각하기 때문이다. 하지만 생각을 조금만 바꿔 보면 오페라도 누구나 쉽게 접할 수 있는 분야이다. 그 이유는 처음부터 클래식과 가까운 사람은 정말 많지 않기 때문이다. 처음에는 음악을 좋아하다가 클래식을 전공으로 선택하거나 아니면 그냥 음악이 좋아서 듣다 클래식 매니아가 되기도 한다. 게다가 이제는 많은 사람이 다양한 채널로 접할 수 있는 기회가 많아졌기도 하다.

오늘의 이야기의 주인공은 오페라 코치이자 유튜버이면서 이기연 오페라연구소의 대표인 이기연 코치이다. 우선 학창 시절로 되돌아가 보면 그녀와는 사춘기 시절에 급속도로 가까워졌다. 이모부는 우리 아버지 고향 동창이었고, 이모는 우리 어머니 후배여서 부모님의 소개로 두 분이 결혼도 하고 세 명의 딸도 두었다. 주말에 우리 집과 이모네 집을 오가며 자주 왕래하곤 했다. 맛있는 식사를 하며 이야기꽃을 피우면서 늦은 새벽까지 놀곤 했으니 친척보다 더 가깝게 지냈다고 해도 과언이 아니다. 여름이면 우리 가족의 여름휴가를 따라올 정도로 이모네의 활발한 성격 덕분에 우리 가족과 더욱 가까워졌다.

이모가 항상 우리 딸들은 역마살이 있는지 다들 해외로 나간다고 우스갯소리를 했다. 둘째였던 이기연 코치도 피아노를 전공하고 꿈을 이루기 위해 이탈리아 로마 국립 산타 체칠리아 음악원에서 피아노와 오페라 코치 최고 과정을 밟기 위해서 유학길에 올랐다. 이탈리아 신혼여행 중 이탈리아에서 유학 중인 이기연 코치에게 로마에서 가이드를 해 달라고 연락했을 때 그녀는 우리를 위해 페루자(Perugia)에서 2시간 넘게 기차를 타고 건너와 서툴지만 배짱 두둑히 이탈리아어를 구사하며 우리에게 즐거운 추억을 만들어 주었다.

하지만 이기연 코치의 긴 유학 생활과 나의 육아 시기 그리고 경제적으로 어려운 시기가 맞물려 오랜 기간 연락도 못 하고 긴 시간이 흘러가 버렸다. 코로나 시기에 겨우 연락이 되었는데 그녀는 코로나로 인해 강연이 줄어들어서 유튜브를 시작했다고 했다. 그때는 주로 클래식 채널로서 나아가야 할 방향과 여러 고민에 대해 이야기를 많이 나누었다. 그동안 살아온 이야기는 전화로 모두 말하기가 어려웠기에 우리는 코로나가 잠잠해질 시기를 기약하며 자주 통화하며 안부를 묻곤 했다.

이기연 코치와는 최근에 만나서 지난 18년간 어떻게 지냈는지 허심탄회하게 이야기를 나누었다. 점심을 먹고 새로 오픈한 공연, 촬영 가능한 멋진 공간에서 커피를 마시며 지난 시간을 떠올리며 차근차근 이야기를 풀었다. 이기연 코치는 현재 구독자 14만 명이 넘어서 안정된 클래식 채널을 운영하고 있지만, 유학에서 돌아와서도 말로는 다 표현하기 어려운 고통의 시간을 보냈다고 한다. 일단 한국으로 돌아오기만 하면 무엇이든지 잘될 것 같았는데, 자신을 찾는 사람이 아무도 없어 상실감이 느껴졌고 그로 인한 우울감에 시달렸다고 했다.

그녀는 그렇게 힘든 시간을 보내다 클래식을 좋아하는 사람들을 위해 작은 연주회(카페라떼)를 시작한 것이 출발점이 되어, 대학교 출강과 오페라 코치를 역임하게 되었다. 지금은 활동을 넓혀 대기업 강연까지 하고 있다.

코로나로 인해 강연이 줄어들면서 새롭게 변화되어야 한다는 생각이 들어 유튜브를 시작했는데, 다른 나라 사람들의 관심끼지 빛게 되었고 덕분에 두터운 팬층도 생겼다. 멀게만 느껴졌던 성악가와 뮤지컬 배우를 게스트로 출연시켜 진솔한 대화를 이끌어 내면서 공연의 활성화를 위한 연결고리 역할을 하는 큰 성과도 이루었다.

이야기하는 내내 이기연 코치의 눈을 바라보니 어릴 적 꿈 많고 열정적인 모습이 지금의 그녀를 만들었을 거란 생각이 들었다. 그녀가 사랑하는 피아노와 오페라는 사실 우리가 살면서 울고 웃는 다양한 삶의 일부일지도 모른다. 이야기를 마친 후 밝은 웃는 얼굴로 그녀와 다음 만남을 기약하면서 헤어졌다.

화면에 나오는 사람은 그저 늘 행복하기만 할 것이라는 생각은 그들의 한 면만 바라보려는 마음에서 시작되었을지 모른다. 그들의 행복과 성공이 어려움과 좌절을 겪으면서도 그것을 극복하려는 수많은 노력 끝에 이루어 낸 것임을 떠올려 보면 어떨까. 그런 노력을 돌아봐야 밝게 웃는 그 행복한 사람의 모습이 온전하게 보이지 않을까 하는 생각이 들었다.

소녀

이문세

───────────○───────────

▶

내 곁에만 머물러요
떠나면 안 돼요
그리움 두고 머나먼 길
그대 무지개를 찾아올 순 없어요

이기연 코치에게 오늘의 음악 숙제를
주었는데 한참을 고민하는 것 같았다.
나의 인생의 음악!
아마도 수많은 음악을 가까이해서
고르기 어려울 것이라 생각되었는데,
갑자기 글을 쓰면서 그리운 시절 꿈 많고
개구쟁이 같았던 소녀의 모습이 생각나면서
이문세의 노래 한 소절이 떠올랐다.
가사 소절처럼 항상 곁에
행복한 모습으로 머무르길 바라며.

외출의 이유

♪ 김종국 - 한 남자

오전부터 친구에게 문자가 계속 온다. 아무래도 답답한 일이 생겼으리라 짐작하고 있었다. 전화를 하니 수화기 너머로 애써 정제된 말투로 이야기하는 친구의 목소리가 들렸다.

"왜? 무슨 일 있어?"

나는 부드럽게 물었다. 하는 일도 힘들고 가족 문제도 모두 꼬였다며 친구는 오늘 나의 위로를 필요로 하는 비상 호출을 했다. 6시에 만나기로 약속하고 미리 길을 나선다. 오늘은 시간도 여유롭고 날씨도 따뜻해서 외출하기 정말 좋은 날이다. 새로 구입한 간절기 점퍼를 입고 오랜만에 대중교통을 타고 나가기로 마음먹었다. 귓가로 스치는 차지도 않고 덥지도 않은 이 바람은 봄의 냄새를 가진 바람이 확실하다!

사카이 준코 작가의 책을 한 권 들고 귀에는 애지중지하는 톤 프리 이어폰을 꼽았다. 쿠팡으로 어제 번개처럼 배송된 '지금 나는 화창한 중년입니다'라는 이 책이 오늘 대중교통 길을 함께할 동반자다. 새로운 책과 귀에 들려오는 오래된 시티 팝 음악이 너무 조화롭다. 지하철 문 앞 창가에 서서 떨어지는 해를 바라보니 오늘 하루를 마무리하고 퇴근하는 직장인 같은 생각이 든다. "오늘 하루도 수고했습니다!"라고 답해 주고 싶다. 얼마 만의 지하철인가? 덜컹덜컹하는 이 느낌도 정겹고 이어폰의 ANC 기능 덕분에 잡다한 소음과도 이별이다.

책을 읽으면서 조금씩 물들어 가는 노을빛을 창문 사이로 마음껏 즐겨 본다. 날씨가 화창하니 지하철에서 내려 도심으로 향하는 발걸음이 한 걸음 한 걸음이 가볍고 기분이 좋다. 주변을 스치는 사람들의 얼굴도 구경하고 담배 피우는 사람도 요리조리 피하면서 목적지로 향하는 내내 심심할 틈이 없다. 어느새 목적지에 다다라 횡단보도 건너 저편에서 손을 흔들고 있는 친구가 보였다. 혼자만의 생각이지만 오늘의 위로의 제목은 '잘 들어주기'로 정했다. 생각지도 못하게 우연히 들어간 식당은 추억의 냉동 삼겹살에 테이블도 빈티지스럽고 좋아하는 1990년대 음악이 계속 흘러나오는 곳이었다.

경기 하락의 여파는 사실 여기저기서 느껴진다. 줄어든 인구도 그렇고 사람들을 상대로 영업하는 친구의 직업상 경기가 안 좋아진 것이 크게 체감된다고 한다. 친구가 하소연하는 말의 요점은 계속되는 영업의 어려움으로 인해 미래가 두렵다는 것이었다. 나 또한 예전에 영업직으로 오랫동안 일을 해 봤기에 매일같이 리셋되는 실적으로 인한 영업의 어려움을 잘 알고 있었다. 친구는 영업 실적의 부담 때문인지 가족들과도 멀어지는 것 같다며 이러한 상황을 어떻게 극복해야 할지 고민된다고 토로했다. 단단히 슬럼프가 온 것 같았다. 사실 예전에도 친구가 아주 힘들어할 때 지금을 극복하고 이겨 내야 한다면서 영업직의 생명인 마인드십에 대한 이야기해 주곤 했다.

마인드십 고취(鼓吹)의 중요성은 영업이라는 처절한 생태계에서 살아남기 위한 가장 중요한 부분이다. 마인드십이 떨어지면 현장에서는 모두 힘들어한다. 맞다, 오늘 친구의 마인드는 번아웃된 것 같다. 친구는 눈물을 글썽이며 이야기하다가 맥주 한잔에 두려움을 털어 버린다. 나는 친구의 많은 이야기를 들어주다가 꼭 해 주고 싶은 한마디를 전했다.

"언젠가 이야기했잖아, 우리가 지금 겪고 있는 많은 어려움. 인생을 살면서 거쳐 가야만 끝나는 거라고, 우리는 남들보다 조금 일찍 온 거라고. 그러니 우리만 왜 불행해야만 하는지 생각하지 말아."

내가 거친 삶을 헤치며 얻은 한 가지 진리였다. 물론 삶에 정답이 없겠지만 친구에게 하고픈 말은 이게 전부였다. 친구는 나의 말을 말없이 한참을 듣고 있다, 나를 바라보며 이야기했다.

"너의 말을 들으니 힘이 나! 고마워, 정말⋯⋯."

"아냐! 우리 좀 더 힘내자!!"

난 항상 친구의 행복을 진심으로 바란다. 우리는 어려운 시절을 함께 극복하며 살아가는 친구니까 말이다. 걸어가는 친구의 뒷모습을 한참을 바라보다 집으로 돌아왔다. 늦은 밤, 친구의 문자가 도착해 있었다.

[멀리까지 와 줘서 고마워, 진심으로.]

한 남자

김종국

▶

네가 힘들 때나 슬플 때
외로워할 때도
너 이별 앓고서
아파할 때도 네 눈물 닦아 준
한 남자가 있어

식당에서 흘러나오는 애절한 김종국의
한 남자를 같이 따라 불렀다.

커피(coffee)를 대하는
우리의 자세

♪ 에픽하이 - Coffee(Feat.성아)

추운 날씨에 따뜻한 커피 한 잔은 얼어붙은 몸과 마음을 녹이는 최고의 선물이다. 향기도 좋지만 원고를 쓰는 내내 떨어진 카페인을 충전하여 창작의 열정을 이끌어 준다. 그래서 노트북 옆에는 항상 커피가 당당하게 자리했다. 얼마 전 은퇴하시고 바리스타 교육을 받은 아버지는 집에 오기만 하면 원두에 대한 친절한 설명과 함께 칼리타(Kalita) 핸드밀로 원두를 갈아서 직접 신선한 커피를 내려 준다. 아버지가 취미로 바리스타 자격증을 취득하자 아버지 주변 지인들이 외국 여행을 다녀올 때마다 다양한 원두를 선물해 주었다. 덕분에 나는 신선한 각 나라의 커피를 즐기고 있다.

1896년에 고종 황제가 최초의 커피 시음자였다고 하니 우리나라 커피의 역사는 벌써 130년 정도 되었다. 우리나라 최초의 커피숍은 손탁호텔의 일 층에서 시작되었다. 그 후로 130년이 지나는 동안 전 세계에서 가장 많은 카페를 보유하고 있고, 아시아에서 가장 많은 커피원두 소비를 하고 있다고 하니, 우리나라가 얼마나 커피를 진심으로 사랑하는지 알 수 있다. 나도 거기에 크게 일조하는 일인으로 커피 없이는 절대 살 수 없다.

커피 한 잔이 주는 여유와 힘은 말로 설명하기 어렵다. 고된 일을 하시는 분들도, 업무에 지친 직장인도, 새벽에 장사하는 분들까지 모두 커피로 인해 힘을 얻어 살아간다. 이러한 커피의 힘 때문인지 이슬람 문화권에서는 커피를 '이슬람 와인'이라 부르며 정신을 맑게 하는 최고의 음료로 인정한다.

우리나라는 카페를 접하기 쉬운 환경이다. 하지만 동시에 누구나 퇴직 후 준비되지 않은 상태에서 카페를 창업할 수 있는 구조이기도 해서 결과적으로는 전국에 9만 1,000개라는 어마한 카페 숫자와 함께 폐업 순위에서도 상위권에 랭크하는 부작용을 낳았다.

팬데믹(pandemic) 시기에는 초대형 카페가 전국적으로 크게 생겨났다. 해외로 나가지 못하는 사람들의 답답함을 활용한 마케팅의 성공으로 국내에 보기 드문 규모의 카페가 바닷가나 뷰가 좋은 곳에 많이 만들어진 것이다. 이러한 초대형 카페는 비싼 가격의 커피와 다양한 베이커리의 조합으로 식사 값을 초과하는 금액을 아름다운 뷰값으로 자연스럽게 지불하게 만들었다. 부산 기장 근처에 베이커리 명장이 운영하는 카페를 방문했을 때 전쟁터를 방불케 하는 어마어마한 사람들의 놀라고 그들이 구입하는 빵 양에 또 한 번 놀랐다. 하지만 그렇게 멋진 뷰와 커피, 베이커리를 조합했음에도 사람이 몰려 정신 없는 환경에서는 아름다운 뷰와 함께하는 감동을 느낄 수 없었다.

커피 한 잔이 우리에게 주는 가장 커다란 감동은 무엇일까? 아마도 여유와 함께일 때가 아닐까 생각한다. 고요해진 도시에 잔잔한 음악과 함께 야경을 바라보거나 캠핑장에서 아무도 일어나지 않은 새벽에 혼자 마시는 고요한 한 잔의 커피가 내 인생 가장 편안한 커피로 기억에 남는다. 얼마 전 친구와 만나 스타벅스에 방문했을 때 그곳은 빈자리 하나 없이 많은 사람들로 가득했다. 앉아 있는 사람들 모두 노트북을 바라보며 무엇인가 삼매경(三昧境)에 빠져 있어 보였다. 학생들도 많고 직장인으로 보이는 사람도 많이 보였다. 요즘 트렌드가 백색소음(white noise) 속에서 공부하고 일을 해야 능률이 오른다는 것이라고 한다. 예전에 공부하기 위해 소음이 없는 곳을 찾아 다니던 독서실이 너무 고요해서 잠만 자던 기억이 나서 웃음이 났다.

백색소음이 있긴 하지만 친구와 함께하는 커피 한 잔과 살아가는 이야기를 나누는 일은 말로 할 수 없는 커다란 행복이다. 분명한 것은, 커피는 우리에게 음료 한 잔이 주는 커다란 즐거움 이상이라는 것이다.

오늘의 커피는 내가 가장 좋아하는 산미의 매력을 가진 에티오피아 예가체프로 정했다.

Coffee(Feat.성아)
에픽하이

▶

생각없이 넘기는 한장한장 눈감은 책
시간을 때워 나를 버린 나
매일마다 마시던 커피가
어제의 달콤함이 그리워
오늘따라 쓰디 써

추운 겨울날 따뜻한 커피가 담긴
머그컵 온기에 손을 녹이며
사랑하는 사람과 만나고 헤어짐에 따라
커피가 달콤하고 쓰디쓰다는
재치 있는 가사로 풀어냈다.

우리를 응원해 주세요~

♪ 롤러코스터 - 습관

　얼마 전 개봉한 오컬트(Occult) 공포 영화 '파묘'를 관람했다. 개봉 전부터 짤막한 스포일러(spoiler)를 보여 주며 커다란 관심을 끌어모아 흥행을 예고했었다. 출연진들도 모두 연기력이 좋은 분들이라 개봉하면 바로 관람해야겠다고 생각했지만, 사실 김고은 배우의 한마디 대사가 그 영화로 나를 이끌었다. 겁나 험한 게 나왔다고 말하며 두려움에 떠는 주인공의 대사가 보이지 않는 험한 것에 대한 두려움을 만들어 관객들의 마음을 자극했다는 생각이 들었다.

　파묘를 언급한 건 영화에 대한 자세한 평론보다는 우리의 전통으로 남았던 것에 대한 이야기를 하고 싶어서다. 현재는 작은 국토라는 면적에 대한 문제뿐만 아니라 매장지 땅값의 상승과 개발, 후손의 방문 등을 고려해 누군가가 세상을 떠나면 화장하여 납골당에 안치하는 것이 일반화되고 있다. 그 덕분인지 후손들도 언제나 고인을 편하게 만나러 가서 추모하는 좋은 문화가 생겨났다. 우리나라는 중국의 영향을 받아 풍수사상에 기초해서 땅에 관한 강한 집착을 보였다. 사는 집, 장사하는 매장, 고인이 되어 묻히게 되는 장지(葬

217

地)까지 지관을 통해 웃돈을 주고 자리를 찾기도 한다.

영화 속 지관이라는 직업을 가진 주인공이 짤막한 대사 중에 "이제 명당이 어디 있어? 60퍼센트 정도만 괜찮아도 명당이지."라는 대사가 있다. 비좁은 나라에서 더 이상 명당이 어디 있냐며, 찾기도 어렵다며 지관인 자신도 웃음이 난다는 의미였다. 영화 역시 묫바람(墓風)으로 시작한다. 조상의 묘를 잘못 써서 후손이 화를 당하는 내용이었다. 물론 종교와 가치관이 다르니 매장하고 조상을 모시는 유교관을 가진 분들에게는 오해의 소지로 들릴 수 있는 내용이지만, 여기서 이야기하고 싶은 내용은 조상과 자손의 기본적인 유대 관계에 관한 것이다.

예전에는 유교의 영향이 불교의 영향력보다 커서 화장보다는 매장을 하고 때마다 관리하면서 모시는 것이 최고의 예를 다하는 것이라고 생각했었다. 조상이 자연의 품으로 돌아간 뒤에도 본인들의 길흉화복(吉凶禍福)을 소싱이 내려 주는 것이라 여겼다. 특히 화(禍)를 당하면 매장지를 이장(移葬)하거나 굿을 하는 등 다양한 방법으로 화를 풀기 위한 방법을 모색했다. 반면 요즘은 대부분 화장(火葬)을 한다. 화장을 하면 시신이 한 줌의 재가 되므로, 이장을 하거나 하는 대안이 없다. 만약에 그분들이 영화에서처럼 불편함을 느낀다면 우리들이 어떻게 해결해 드려야 할까 하는 의문이 생기기도 한다. 조상은 자연의 품으로 가셨으나, 자손을 향한 사랑과 응원을 계속 보내고 계실 거라는 생각이 든다.

우리는 현실 속 문제의 원인을 내가 아닌 다른 곳에서 찾곤 한다. 건강을 잃으면 적절한 병원 치료와 지난 시간을 돌이켜 보고 잘못된 식사를 바로잡고 운동 수면 등 기본적인 것을 바꾸고 노력해 고쳐야 하고, 금전적인 문제가 생기면 가계 자금 정리를 통해 다시 정리해 보고 문제점을 보완하며 살아야 한다. 북유럽 속담에 "안 좋은 날씨는 없다. 안 좋은 옷만 있을 뿐이다."라는 말이 있다. 그렇다, 모든 문제는 나를 중심으로 생겨나기에 스스로를 변화시켜야 하며, 문제점을 다른 곳에서 찾는 것은 매우 위험할 수 있다. 우리가 사랑했던 조상은 우리를 사랑하고 잘되길 바라고 떠났지, 우리가 망가지고 상처받길 원하지는 않을 것이다. 영화 속 내용을 통해 우리의 삶 속에 녹아 있지만 다시 한번 생각해 봐야 할 것에 대해 성찰해 보는 좋은 시간이었다.

습관
롤러코스터

▶

습관이란 게 무서운 거더군
아직도 너의 사진을 물끄러미 바라보면서
사랑해 오늘도 얘기해
믿을 수 없겠지만
안녕 이젠 그만 너를 보내야지
그건 너무 어려운 얘기

요즘 글을 쓰다 보면 어울리는 노래가
머리를 스치곤 하는데 이 노래는
당시 꽤나 세련된 느낌의 노래였다.
사랑이 끝났는데도 습관처럼 행동하는
우리의 모습을 잘 표현했다.
기타리스트 이상순 씨의 젊은 모습도
기억이 난다.

뜨거운 여름 그리고
사루비아(salvia)와 봉숭아

♪ 아즈미 이노우에 – 이웃집 토토로 엔딩 주제가

1986년도이니까, 내가 초등학교 6학년이었던 것 같다. 여름 방학이 되어서 할머니댁에서 일주일을 보내기 위해 강화도로 향하는 버스에 동생과 올랐다. 버스 안은 창문을 활짝 열고 열기를 식혀 봤지만 엔진이 앞쪽에 달려 있던 구형 버스라 엔진열이 실내로 그대로 들어왔다. 운전기사님도 연신 목에 두른 수건으로 땀을 훔치고, 아무래도 강화도에 도착하기 전 더워 죽을 것 같았다.

요즘 세대에는 낯선 군인 검문소를 2곳(실제로 총 들고 올라와 군인을 검문했다. 어린 시절 워커 소리가 왜 그렇게 무서웠는지)을 지나야 강화도에 도착할 수 있었는데, 마송과 강화대교를 지나면 강화도에 거의 도착한 것이다. 나는 어릴 때부터 주변 건물에 대한 인식과 기억이 좋은 편이라 한 번 왔던 길도 쉽게 기억하고 찾을 수 있었다. 강화 터미널에 도착하자 할머니께서 환하게 웃으며 마중 나와 계셨다. 타는 듯 뜨거운 햇살이 내리쬐고 있어 서둘러 할머니의 양산 안으로 뛰어들었다.

대문리로 향하는 버스로 갈아타고 시골집으로 향하는 길은 왠지 정겹고 즐겁다. 찬 우물 언덕을 넘어서 전등사와 외포리의 양 갈래 길에서 전등사 쪽으로 향하면 대문리로 간다는 것을 난 잘 기억하고 있었다. 대문리에 도착한 버스에서 내려 1km 정도 걸어 들어가야 하는데 그날은 운수 좋은 날이었던 것 같다. 할머니께서 아는 마을분 차량에 올라타 쿵쾅거리며 시골집으로 향할 수 있었다. 우리에게 맛있는 것을 해 주시기 위해 할머니는 그물 장바구니에 잔뜩 장을 봐 왔다. 동생과 대청마루에 바로 벌러덩 누워서, 오면서 다 빨아먹은 아이스크림을 얼굴에 묻힌 채 시원한 대청마루 나무에 온몸을 비벼 보았다. 대청마루에 누워 닳아서 맨들한 나무에 얼굴을 대고 있으면 틈새 사이로 시원한 바람이 온몸을 감싼다. 멀리서 들려오는 매미 소리와 풀벌레 소리에 가만히 눈을 감고 누워 있으면 눈이 자꾸 스르르 감긴다.

반쯤 감긴 눈에 훌쩍 자란 옥수수와 빨갛게 물든 사루비아와 봉숭아 꽃이 보였는데 꿈이었는지 나를 부르는 할머니 소리에 정신이 번쩍 들었다.

"떡볶이 다 됐다!"

내가 떡볶이 먹고 싶다고 노래를 불렀더니 정말 만들어 주신 것이다. 하지만 할머니는 정말 떡볶이를 잘 못 만드신다. 싱겁고 맛이 이상하다(평상시에 먹지도 않고 우리의 부탁으로 만든 음식이니 지금 생각해 봐도 할머니께 무리한 부탁이었을 것 같다). 우리가 입을 내밀고 툴툴대자 결국 할머니는 저녁은 맛있게 해 주겠다고 약속하셨다.

동생과 놀거리를 찾아서 고민하던 중 신나게 쏟아지는 소나비에 맨발로 밭에 나가서 진흙에 미끄럼을 타기 시작했다. 옷도 다 젖고 넘어졌음에도 옥수수 밭 사이로 소리를 지르면서 뛰어다녔다. 엄마가 있었으면 불가능한 놀이였지만 그날은 엄마가 없으니 가능한 날이었다. 맨손으로 옥수수 잎에 붙은 청개구리도 잡아 놀다가 정신을 차렸을 때, 일 보고 들어오던 할아버지와 마주쳤다. 조용한 성격의 할아버지는 환하게 웃으면서 그저 조심해서 놀라고 하셨다.

온몸에 묻은 흙을 씻기 위해 작두펌프(수동식 물 펌프)에 마중물을 넣고 신나게 펌프질해 보았다. 처음이야 미지근한 물이 나오지만 조금 지나면 얼음처럼 차가운 물이 이내 쏟아져 더위가 싹 가셨다. 할아버지의 장작을 패는 소리와 굴뚝에서 연기가 나오자 할머니의 맛있는 저녁 준비가 한참이다. 커다란 가마솥에 김이 모락모락나게 밥을 올리고 아궁이 앞에서 먹음직스러운 고등어구이와 들기름을 듬뿍 바른 김을 구워 내는 할머니.

글을 쓰기 위해 30년 전 추억을 위해 눈을 감고 생각하다 눈꺼풀을 들어 올려 밖을 보니 아직 봄도 오지 않았는데 그날의 뜨거운 여름 기운이 후덥지근하게 느껴진다. 정성스럽게 발라 주시던 고등어와 윤기 넘치는 김과 밥에 할머니 손맛이 들어간 들기름을 듬뿍 넣은 김치 지짐의 맛을 뭐라고 표현해야 할까?

밥 먹는 배와 누룽지 먹는 배는 다르다! 아무리 배가 불러도 누룽지는 먹을 수 있었다. 동생과 단단하게 만들어진 누룽지를 야금야금 뜯어먹으며 만화책을 보다 보니 할머니댁에서의 하룻밤이 그렇게 지났다. 다음 날도 역시나 뜨거운 날인데도 버스를 갈아타고 배를 타고 석모도로 들어가 보문사를 다녀왔고, 그다음 날은 읍내장도 다녀왔다. 그렇게 시간이 흘러서 내일이면 집으로 돌아가야 했다.

우리의 양 손가락은 봉숭아물을 들이기 위해 비닐로 꽁꽁 쌓여 있었고 입에는 아까 잔뜩 뽑아 온 사루비아를 원 없이 빨아먹은 흔적이 가득했다. 꿀이 나오는 것도 아닌데 참 많이도 먹었다. 계속 신경 쓰이던 손가락 앞쪽의 욱신욱신한 느낌은 봉숭아물이 잘들어 가고 있는 것 같았다.

양손에 주홍빛으로 물든 봉숭아와 달콤했던 사루비아, 서울로 향하던 버스 안에서 곤하게 잠들어 버린 우리. 그렇게 뜨거운 여름날 할머니, 할아버지댁에서의 추억은 사진으로만 남았다. 누구에게나 항상 그리운 시절이 있다. 지나 보면 알 수 있는 아름답고 소중한 기억들. 아직 봄이 다가오고 있는 어느 3월, 그리운 얼굴을 추억의 저편에서 만나 보고 싶다.

이웃집 토토로 엔딩 주제가

아즈미 이노우에

─────────○─────────

▶

ズブヌレ オバケが いたら

흠뻑젖은 도깨비가 있다면

あなたの あまガサ さしてあげましょ

당신의 우산을 빌려주세요

もりへの パスポート

숲으로의 여권

まほうのとびら あきます

마법의 문이 열릴 거예요

토토로는 아이들의 동심의 꿈과 닮아 있다.
목소리 높여 같이 노래 부르며 길을 걷던
아이들의 모습이 생각난다.
정겹고 푸르른 여름시골의 모습은
이제는 잊혀져 가는 기억이지만
우리 가슴 한구석에 오랫동안 간직하고 싶다.

아이들과 함께한 강화도를 추억하며

산에 오르는 이유

♪ 양희은 - 한계령

등산을 좋아하는 사람들에게 힘든 산을 오르는 이유를 물어본다면 오르지 않고는 알 수 없다고 대답한다. 사실 그 뜻을 쉽게 알기 어려웠다. 왜냐하면 흔한 동네 뒷산부터 유명한 산까지 어느 하나 수월하게 오른 산이 없었기 때문이다. 정상에서 느끼는 짧은 카타르시스로는 산을 오르는 이유에 대한 답을 얻기 어려웠다. 팔공산을 함께 올랐던 엄홍길 대장님과 짤막한 대화를 나누었는데 "대장님은 팔공산 정도는 산을 오르는 것 같지 않겠어요?"라는 질문에 의외의 대답을 하셨다.

"아뇨! 저도 컨디션이 좋지 못하면 뒷동산도 오르기 힘듭니다."

수많은 높은 산을 정복한 그분도 자신의 의지로만 되는 것은 없다며, 산이 허락해야 오를 수 있다고 겸손히 말씀하셨다.

2007년, 아버지는 산을 자주 올랐는데 그때는 스트레스를 풀러 가신 줄로만 알았다. 나중에야 알게 된 사실이지만 아버지는 당시 슬럼프와 경제적인 어려움 때문에 뛰어내리고 싶은 충동이 자꾸만 들어서 산을 올랐다고 했다. 하지만 그런 충동으로 올랐던 산이 아버지를 따뜻하게 안아 준 것 같다. 산을 오를수록 나날이 얼굴도 밝아지고 건강도 더 좋아졌으니까. 정상에 올라 바위 위에서 잠깐 누워서 자는 낮잠이 그렇게 달고 개운하다며 아버지는 입을 열 때마다 산에 대한 칭찬 일색이었다. 직장 생활과 아이를 한참 양육하는 시기였지만 없는 시간을 내어서라도 아버지와 등산을 한번 해야겠다는 생각이 들었는데 그때 우연하게 본 신문 광고에 눈이 번쩍 뜨였다.

"그래, 이거야. 아버지와 같이 해 봐야겠어!"

난 순간 겁도 없이 결정했다. 그 광고는 많은 등반가들이 도전했지만 죽음과 함께 실패한 히말라야 16좌 완등이라는, 경이적인 세계 최초의 기록이 엄홍길 대장의 높은 업적을 기리기 위해 우리나라의 16개의 명산을 오르는 (주)트렉스타의 이벤트였다. 이벤트 내용은 다음과 같았다.

① 지정한 날짜 안에 16개 지정한 산을 오를 것.

② 지급한 회사 로고가 들어간 손수건을 정상에서 들고 촬영한 사진을 업로드할 것.

③ 팔공산 이벤트(엄홍길 대장과 등정 기회 및 사인 상품 증정)

뭐 그렇게 어려울 것 같지 않았다. 시간도 여유로웠고 회사가 쉬는 주말을 활용해서 오른다면 충분히 달성할 수 있을 것 같았다. 그러다 제대로 된 등산화 한 켤레가 없던 게 생각났다. 우선 급한 대로 카드사 포인트로 중저가 등산화를 하나 장만했다. 자신감이 충만했기 때문에 '반드시 완등하리라! 엄홍길 대장처럼 16좌 모두 오른다!' 하고 굳게 다짐하면서, 그렇게 아버지와의 16좌 완등 이벤트가 시작되었다.

하지만 가족들의 응원으로 시작된 첫 번째 등산처인 부산 금정산부터 멘붕이 오기 시작했다. 그냥 비도 아닌 폭우처럼 쏟아지는 비를 바라보면서 걱정이 되기 시작했다. 역시나 우비를 입었지만 온몸이 다 젖었다. 신발도 방수가 되지 않아 결국 여덟 시간 동안 젖은 몸과 무거운 발을 이끌고 정상에 올라 사진을 찍고 하산했다. 따뜻한 온천장에 몸을 녹이면서 나름 첫 번째 도전에 대한 분석을 했는데 결과는 심플했다. 고생한 원인은 '등산 장비의 부족'이라는 결론이었다. 금정산에서 고어텍스로 무장한 어느 멋진 분의 모습이 계속 눈앞을 아른거렸다. 분명 그분의 옷은 비가 묻지도 않고 튕겨 나가고 있었다.

"그래, 고어텍스가 있어야 해!"

이차 도전을 위해 검색을 활용해서 꽤나 괜찮은 등산 용품을 구입했다. 고어텍스 등산화와 고어텍스 재킷까지 한 벌로 아버지 것까지 함께 준비했다. 거울에 비친 등산복을 입은 나의 모습은 분명 금정산에 만난 그분의 것과 흡사했다. 만족스러웠다. 이젠 16좌 완등이 더 쉬워지리라는 자신감에 입가에 미소가 지어졌다.

누가 도봉산이 쉽다고 했는가? 중간에 더워서 자랑스러운 고어텍스 재킷은 벗어 가방에 넣어 버렸고, 무슨 바위가 이렇게 많고 험한지, 쉬고, 또 쉬고, 또 쉬며 간신히 정상에 오를 수 있었다. 정상에서 눈앞에 탁 트인 절경의 아름다운 모습을 바라보며 많은 생각이 들었다. 사람들은 여기에 왜 오르는 걸까. 왜 쉬운 산은 없는 걸까. 이런 질문에 답을 얻지 못한 채 풀린 다리를 위로하며 하산했다.

무더웠던, 아니, 삼십오 도가 넘었던 무섭게 더운 날 원주 치악산 공략이 시작되었다. 악명 높은 사다리 병창 코스로 가면서 바로 이것이 지옥임을 경험했다. 날이 너무 더워 물을 많이 마시는 바람에 중간에 아예 퍼져 버렸다. 한참을 쉬고 나서야 간신히 움직일 수 있었는데 누워 있으면서 곰곰이 생각해 보니 이렇게 힘든 산행을 이끌어 준 사람은 바로 아버지였다. 손을 잡아당겨 주고 뒤에서 밀어 주고 나를 계속 독려하면서 이끌어 주었다. 순간 눈물이 핑 돌았다. 내가 아버지를 위해 시작한 것인데, 아버지는 아직도 나의 뒤에 든든하게 버티고 계셨다. 아버지의 손을 잡고 일어나 힘을 내어 다시 걸은 끝에 무덥고 힘들었던 치악산 비로봉 정상에 오를 수 있었다.

그 후 나는 아버지와 더 많은 이야기를 나누며 다른 산에 올랐다. 그리고 항상 아버지를 존경하고 응원한다고 솔직하게 말씀도 드렸다. 굵은 비와 번개가 쏟아지는 소백산과 광주 무등산을 넘어 영산이라 불리는 태백산 등 아홉 개의 명산을 아버지와 함께 올랐다. 나는 직장 문제로 9개의 산 등정으로 마무리했지만, 아버지는 15개 산과 마지막 제주 한라산 등정까지 16좌의 도전을 멋지게 마무리하셨다. 아버지는 지금도 당시 이벤트로 받은 멋진 장비를 입고 항상 행복하게 산에 오르신다.

1년에 걸친 도전 속에서도 산에 오르는 이유에 대한 답을 얻지는 못했다. 그러나 아버지와 의지하고 함께 이야기하며 등정했던 소중한 그 시간을 산을 오르는 이유에 대한 대답으로 대신하고 싶다.

한계령

양희은

▶

이 산 저 산 눈물
구름 몰고다니는
떠도는 바람처럼
저 산은 내게 내려가라
내려가라 하네

산에 대한 이야기를 집필하고 있으니
이 노래가 듣고 싶어졌다.
지금은 찾는 사람이 적어진
한계령 옛길이 떠오른다.
그냥 불쑥 떠나 볼까?

정말 괜찮다고
말하지 않았으면 좋겠어(時)

♪ 케이시 - 지친 하루 끝에 너와 나

있잖아, 정말 괜찮다고 말하지 않았으면 좋겠어.

그냥 괜찮아지는 건 없잖아.

있잖아, 솔직하게 이야기해 줬으면 좋겠어. 내가 꿈꾸지 않도록.

있잖아, 소리 내어 울게 놔두면 좋겠어. 너에게 기대지 않도록.

있잖아, 오늘은 나 혼자였으면 좋겠어. 나 홀로 설 수 있게.

있잖아, 정말 괜찮다고 말하지 않았으면 좋겠어.

솔직하게 말하는 것이 우리의 상처와 슬픔에 대한 진심 어린 마음처럼 느껴질 때가 있다.

지친 하루 끝에 너와 나

케이시

─────────○─────────

▶

**오늘 하루는 어땠는지
굳이 말하지 않아도 알아요.**

너무 지치고 힘들 때면 그냥 말없이
혼자만의 시간을 가지고 싶다.
한적한 길을 걸어 보기도 하고
이마 위로 바람이 이는 바다에 가고도 싶다.
그냥 나의 마음이 향하는 길로.

위로 찾기

♪ 황규영 - 나는 문제없어

　주변 지인들이 힘들 때면 나를 찾는 연락을 해서 만나게 되는데 난 사실 그들을 만나서 뛰어난 코치나 다양한 해결 방법을 제시해준 적은 없었다. 티비 프로그램 속에 나오는 뛰어난 상담가도 아닐뿐더러 마음이 안정되도록 다스리는 심리 치료사도 아니다. 그저 그들의 이야기를 경청할 뿐이다. 눈을 바라보고 힘들었던 이야기를 나누면서 말이다.

　모든 답은 처음부터 그들이 갖고 있었다. 다시 일어서거나 포기하는 것 모두 그들의 선택에 달렸다. 위로를 찾는 과정에 나는 같이 동참할 뿐이다. 정말 그뿐이다. 문제를 갖고 나를 찾아오던 그들은 현명하고 용감한 사람들이다. 스스로 위로의 답을 찾아 다시 일어설 테니 말이다.

나는 문제없어

황규영

▶

**너무 힘들고 외로워도
그건 연습일 뿐야
넘어지진 않을 꺼야
나는 문제없어**

1990년대 가요에는 사랑이라는
주제 말고도 의외로 희망을 가사로
이야기하는 곡이 많다.
"너무 힘들고 외로워도 그건 연습일 뿐이야."
"넘어지진 않을 거야. 나는 문제없어."라는
가사를 생각하면서 듣다 보면
부푼 희망을 간직한 채 따라 부르고 있는
자신의 모습을 보게 될지도 모른다.

계속 만나 보고 싶다

♪ 진추하 - One Summer Night

    얼마 전 견자단의 신작 영화(천룡팔부-교룡전)을 보게 되었다. 다양한 OTT 덕분에 편하게 보고 싶은 드라마나 영화, 미드 등을 언제나 마음껏 볼 수 있다. 하지만 강력해진 OTT 영향력 때문인지 영화 산업이 위축되고 작아진 느낌이다. 나중에는 영화관에서만 느끼게 되는 낭만이 사라질까 걱정이 되기도 한다.

    앞서 말했듯 나는 달콤한 로맨스를 좋아하지만, 역사물이나 무협 영화도 무척 좋아한다. 중학교 시절에 유행했던 무협 영화에 나오는 주인공들은 대부분 권선징악(勸善懲惡)이라는 결말을 가지고 있었고, 고된 역경 속에서 부단한 노력으로 다시 일어나는 희망적인 메시지를 전달하곤 했다.

    나른한 주말, 견자단이 말을 타고 달리는 멋진 모습과 상대방을 쓰러트리고 다시 손을 잡아 일으켜 주는 호걸다운 호쾌함이 영화의 백미(白眉)다. 물론 중간에 갖은 음모와 계략에 상처 입고 죽음의 고통을 지나지만 역시나 놀라운 회복력으로 일어나 우리 모두가 바라는 결말을 이루게 된다. 뻔한 결말이다, 황당한 무공으로 이루어진

삼류 영화 같다고 말을 하는 사람도 있을 수 있지만 난 그래도 선한 결말의 영화가 좋다.

하지만 세상에는 우리가 원하는 선한 결말로 끝나지 않는 경우가 너무도 많다. 끔찍한 범죄를 짓고도 진정성 없는 반성문과 술로 인한 심신미약을 근거로 값비싼 로펌의 변호사를 고용하여 법의 구멍을 요리조리 피해 다니는 악인들이 너무 많기 때문이다. 우리는 이들의 모습을 보며 실망하고 좌절하곤 한다. 피해자에게 써야 할 속죄의 반성문을 판사에게 쓰는 것도 사실 상식적으로 이해가 되지 않는데 여전히 형벌의 감량에 적지 않는 영향을 주고 있으니 참 서글픈 세상이다.

난 가끔 무협 영화에 나오는 영웅호걸들이 현실에서도 이러한 악인들을 단죄하는 재미있는 상상을 하곤 한다. 그들의 높은 무공으로 악인들을 쓰러뜨리는 모습! 통쾌하고 멋지지 않은가? 물론 상상만으로 가능한 것이니 아쉬움이 남는다. 내가 좋아하는 영화배우들이 어느새 나이가 들어 더 이상 액션 연기를 하지 못하고 점점 병이 들거나 영화에서 은퇴하는 모습을 보니 이렇게 CG로라도 전성기 같은 그들의 모습을 계속 만나 보고 싶다. 영화는 견자단이 음모로 가득했던 모든 무리들을 물리치고 두터운 털 가죽옷을 입고서 광야를 달리는 모습으로 마무리된다.

세상이 더욱 각박(刻薄)하고 살기 어려워졌다고 이야기한다. 그리고 이유를 알 수 없는 각종 범죄들 때문에 불안하기도 하다. 이러한 불안전한 상황에서도 우리는 희망을 안고 살아간다. 그 희망이 작든 크든 말이다. 그리고 대부분의 사람들은 선함이 악한 것을 이기리라는 것을 잘 알고 있다.

One Summer Night
진추하

▶

One summer night
the stars were shining bright
one summer dream
made with fancy whims

영화 사랑의 스잔나 OST 곡으로, 1970년대 중반
영화에 출연하고 OST를 직접 불러
큰 사랑을 받았던 진추하의 히트곡이다.
2004년 영화 말죽거리 잔혹사에서도 등장했다.
오랜 시간이 흘렀어도 모두에게 사랑받을 수 있는
것은 사실 큰 축복 같다. 진추하의 졸업의 눈물
(Tears of Graduation)도 무척 좋은 곡이다.
같이 들어 보면 더욱 좋을 것 같다.

아빠, 자퇴 결제해 주세요!

♪ 프랭크 시나트라 – New York, New York

업무 중 문자 한 통이 왔는데 내용을 읽는 순간 머릿속이 하얗게 되어서 아무 생각도 떠오르지 않았다. 아내로부터 온 문자의 내용은 이랬다.

[큰애가 자퇴하고 싶다고 하는데 이야기 좀 해 봐······.]

큰아이는 17년 동안 공부로 걱정을 안겨 준 적이 없었다. 중국어, 영어 유치원도 잘 다녔고 초등학교와 중학교 때도 성적이 무척 좋았고, 엄마가 좀 심하다는 생각이 들게 학원을 많이 보내도 묵묵하게 잘 따라 주었다. 그런 큰아이의 자퇴라니, 생각지도 못했다.

중학교 때부터 가고 싶은 대학과 학과를 이야기하며 학교 공부 이외에도 좋아하는 교수가 집필한 책을 읽으며 꿈을 키웠다. 오죽했으면 책만 읽는 아이에게 학과와 관련된 건축학개론 영화도 보라고 추천했었다. 동탄에 있는 국제고를 준비했었는데 중학교 때 하나 받았던 B 성적이 발목을 잡았다. 그래서 집 근처에 있는 사립 고등학교에 진학했다. 성적이 조금씩 떨어졌지만 크게 걱정할 정도는 아니었다.

집에 들어가서 큰아이를 불렀다.

"엄마한테 이야기 들었어. 여기 아빠 앞으로 편하게 앉아 봐."

큰아이의 얼굴에 긴장이 돌았다. 아이는 방에서 무엇인가를 찾아서 나왔다. 아무래도 내가 화를 낼 것 같은지 걱정이 얼굴에 묻어났다. 아이는 A4 파일을 가슴에 들고 나와서 나에게 정중하게 내밀었다.

"아빠, 천천히 읽어 주세요!"

서류로 보이는 맨앞에 있는 문구가 눈에 들어왔다. '자퇴해야 하는 이유.' A4 사이즈에 네 장 정도 분량의 서류였다. 나는 눈을 의심하며 순간 웃음이 나오려고 했지만 꾹 참고 서류를 정중하게 받았다. 제목 맨아래에 진심을 다해 만들었으니 끝까지 읽어 달라는 부탁의 글도 적혀 있었다. 가슴이 두근거렸다. 우리 큰아이가 이 정도로 성장한 건가 하는 미묘한 심경이 마음을 계속 두드렸다.

서류는 공교육의 문제점과 내신에 관한 내용들, 그리고 자기가 원하는 학교와 학과를 가기 위한 비전을 나름 분석해서 요점 정리한 파일이었다. 그뿐만 아니라 검정고시 일정과 날짜들에 대해 자세하게 적혀 있었고, 부족한 과목에 대한 공부 계획도 만들어져 있었다.

"다 컸구나, 우리 아들."

나는 마음속으로 벌써 결정을 내렸다. 그리고 약 30분 정도 아빠로서의 진심을 담아 이야기해 주었다. 지금까지 부모의 교육관을 잘 따라 주고, 자신의 미래를 스스로 용기 있게 준비하고 계획한 큰아이를 크게 칭찬해 주었다. 직장 생활을 하는 동안 이십 대의 젊은 직원들도 이렇게 세심하게 준비하여 서류를 내놓지 못했었다. 나도 그 시절 저런 용기와 배짱은 없었고 현실에 대한 날카로운 비판도 할 줄 몰랐었다. 한편으로는 아이의 서류를 보며 몇 가지 문제점에 대해서 이야기해 주었다. 엄마가 나름 최선을 다한 교육관에 정면으로 맞서는 행동이라는 점도 알려 주고, 생각만 했던 것을 실천으로 옮길 경우 어려움이 많이 생길 수 있다는 부분도 짚어 주었다.

"그럼 아빠의 답을 이야기해 줄게. 아빠는 자퇴에 대하여 찬성이다."

큰아이는 눈을 크게 뜨고 약간 놀란 듯한 얼굴로 이야기했다.

"아빠, 정말이에요?"

"그럼. 너의 의견을 존중하고 자퇴해도 된다. 하지만 아빠의 의견도 한번 들어 볼래?"

"네, 말씀하세요."

"조금 있으면 방학이잖아. 이번 겨울 방학은 기간도 길다고 했고. 그래서 말인데 너도 조금은 시간이 필요하다고 했으니까, 삼 개월 방학 기간을 자퇴로 생각하고 네가 계획한 방식으로 공부와 운동을 병행하면서 마음껏 보내 보렴. 학원을 가건, 독서실을 가건, 네가 원하는 대로 할 수 있도록 해 줄게. 어때? 그리고 삼 개월 뒤에 아빠에게 결과를 말해 주면 좋겠다. 그 시간 동안 공부나 아침 기상에 관한 모든 것을 네가 직접 할 수 있도록 해. 잔소리도 없을 거야? 할 수 있겠니?"

내가 큰아이에게 물었다.

"네, 한번 해 볼게요!"

믿어 주는 마음을 알아서 그런지 큰아이가 무척 밝은 얼굴로 대답했다. 겨울 방학 동안 큰아이는 자기가 하고 싶은 대로 공부와 헬스를 하는 자유로움을 누리며 자퇴 연습 생활을 했고, 나는 중간중간 아이가 자신감을 유지하도록 응원했다.

삼 개월이 지나 남이섬을 여행하면서 큰아이와 그동안 이루어진 자퇴 연습에 대한 결과를 이야기해 볼 수 있었다. 큰아이는 멋쩍은 듯 이야기했다.

"아빠, 죄송해요. 계획의 절반 정도만 한 것 같아요……."

"무척 잘했네! 어른들도 계획하고 백 퍼센트 실천하지 못해. 아빠는 너가 한 도전이 더 큰 의미가 있다고 생각해. 너는 이미 삼 개월을 도전했으니 이젠 나머지 기간에도 도전해 봐."

"제가 삼 개월을 지내면서 생각해 봤는데요……. 나머지 학교생활을 하면서 제가 그동안 생각했던 방식으로 공부를 해 볼게요. 자퇴가 정답은 아닌 것 같아요."

아이는 자퇴 연습을 해 보면서 한층 성장한 것 같았다. 큰아이는 필요 이상의 비용을 지불하는 학원의 문제점에 대해 이야기하면서 이젠 자신에게 맞는 방법으로 부족한 과목을 집중 공부할 생각이라며 자신감 있게 말했다. 꾸준한 운동으로 단단해지고 커진 아들의 몸만큼 마음도 크게 성장한 것 같아서 운전하는 내내 행복함을 감출 수 없었다.

세상을 살아가면서 부모 뜻대로 할 수 없는 것 중에 하나가 자식이라고 이야기들 한다. 뒤돌아보면 태어났을 때부터 양육의 시간이 모두 힘들고 어렵지만은 않았다. 아이의 존재는 우리에게 세상에서 느낄 수 있는 가장 큰 행복감을 준다. 그러니 아이는 분명 신이 주신 선물일 것이다. 그 일이 있고 나서 난 큰아이와 더욱 가까워졌으며, 이젠 성인을 향해 가는 아이에게 남자의 삶에 대한 이야기를 해 줄 생각이다.

아들이 걸어갈 인생을 위해 기도한다. 아들아, 많이 사랑한다.

New York, New York
프랭크 시나트라

▶

**그곳에서 해낼 수 있다면
어디서든 해낼 수 있어
모든 건 네게 달렸어**

인생의 멋진 발걸음을 힘차게 내딛는
사랑하는 아들에게 이 노래를!

쉰 밥(가제)

♪ 카펜터스 - Close To You

책 제목에 대한 고민이 정말 많았다. 가제목을 정한 뒤에는 책이 가야 하는 길을 찾으며 글을 쓰기 시작했다. 부족하지만 사람들이 살아가는 이야기, 그리고 그들이 받았을 상처와 가진 아픈 추억을 위로하고 싶었다. 원고가 마무리 단계가 되어 출판사에 출간을 의뢰하고 편집장님과의 메일을 통해 의견을 나누면서, 그리고 편집팀의 다양한 도움을 받아 나의 책이 독자들과의 시선을 맞추는 방법을 찾아가기 시작했다. 이렇게 많은 이들의 손길을 받아 책을 출간하는 과정을 지나면서 나의 책 제목에 대한 고정된 시선이 변하고 있었다.

처음 가제를 무겁게 정한 것은 요즘 유행하는 인스타그램이나 유튜브 광고에 자주 등장하는 유행의 흐름을 타는 책들을 따라가기 싫었기 때문이다. 사실 숫자 50 그리고 나이 50세에서 쉰 밥이란 단어의 영감이 떠올랐는데, 쉰의 가진 다양한 의미를 알아가면서 책을 집필하는 데 많은 도움을 받은 건 사실이다.

쉰 밥은 우선 정상적인 환경에서 멀어진 상황을 의미한다. 우리나라 사람에게 뜨거운 김이 나는 맛있는 쌀밥의 의미를 생각해 보라고 한다면, 삶의 가장 정점인 상황을 연상하게 될 것이다. 반면 쉰 밥은 그 뜨거움을 잃고 멀어진 우리의 삶과 무척 닮아 있다. 쉰 밥의 의미를 생각하다 보니 어느 새 우리가 가진 고민과 상처 추억에 대한 이야기를 하고 있었고, 쉰 밥이 지닌 의미와 같은 글을 담고 있었다. 처음에 생각했을 때보다 주제가 확장되어 가면서 제목이 의미하는 대상 또한 늘어났다. 우리 모두의 이야기를 음악을 통해 섬세하고 깊게 이야기하고자 하다 보니 지금의 제목으로 변화된 것이다.

우리는 아주 별나고 광야 같은 힘든 세상에서 살고 있는지도 모른다. 사람들로 인해 지치고 두려워지는 세상, 마음을 현혹시키는 영상들과 돌이킬 수 없는 다양한 중독으로 만연한 사회. 그래서 우리는 스스로를 지키고 위로받으며 답을 찾아가는 과정이 필요한 것인지도 모른다. 어떠한 글이 될지 모르지만 담아 보자. 그리고 아름답고 따뜻한 음악으로 이야기를 나누어 보자. 담다 보면 서로를 위로하는 우리의 이야기로 가득차고 넘치지 않을까.

Close To You
카펜터스

▶

So they sprinkled moon,
dust in your hair
Of gold and starlight in
your eyes of blue

이 노래는 '천사들이 당신을 위해
달가루와 별빛을 뿌렸다.'는
카펜터스의 아름다운 목소리와
시적인 가사로 오랜 시간이 흘러도
사람들의 가슴을 울리고
사랑을 받는 것 같다.
최근 커버 곡들이 유난히도 많은 것은
그 이유 때문일 것이다.

그들의 노고(勞苦)에 감사하며

♪ 조정석 – 아로하

　1월 중순부터 아버지는 가슴의 통증을 호소했다. 난 바로 심혈관 질환을 의심했지만 아버지의 천식 치료 때문에 기흉(氣胸) 같다는 생각이 들었다. 몸을 숙이면 잠시 나타나는 흉통(胸痛)의 증상 때문이었다. 그래서 아버지가 내원하는 강남 성모병원 호흡기 내과에 진료를 예약했다. 호흡기 내과에서 검진을 해서 이상이 없다면 순환기 내과로 전과하면 이유를 알 것이라 생각했다. 정부와 의료계가 전쟁 중인 상황이라 걱정했지만, 다행히 아직 진료를 정상적으로 받을 수 있었다.

　아버지는 호흡기 내과 CT 촬영에서는 문제점이 없다는 진단을 받았다. 전과 후 진료받은 순환기 내과 교수님의 의견에 따라 찍은 폐 CT에서 심장혈관이 의심되어 월요일 입원을 권유받았다. 76년을 살아오면서 환자복을 처음 입는 아버지 본인도 무척 낯설고 어색해했다. 환복을 하고 입원실에 누워 있는 모습을 보니 아버지의 모습이 어딘가 초라해 보였다. 그 모습을 보니 내가 입원했던 기억이 떠올라서 아랫배가 묵직하게 긴장이 되었다. 하지만 입원자보다 불안해할 수 없어 덤덤하게 행동했다. 병원 입원이 처음이신 아버지는 낯선 병원에서의 하룻밤을 보내고 아침 식사를 하면서 병원에서 일을 하시는 분들의 노고에 대해 이야기했다.

"병원에 있어 보니 여기서 일하는 사람들이 달라 보이구나."

"그렇죠. 그냥 월급만으로는 이 일을 하기 어려울 거예요."

"그래, 사명감이나 다른 마음가짐이 없으면 어려울 것 같다."

"아무리 많은 돈이 있어도 건강만큼 중요하건 없는 것 같아요."

"그래, 건강이 제일 중요한 것 같다."

아버지는 이렇게 말씀하시며 웃었지만 내심 오후에 있을 혈관조영술이 신경이 쓰이는 것 같았다. 혈관조영술 시술장에는 참 많은 사람들이 대기 중이었다. 급성으로 찾은 사람부터 예약하고 대기 중인 사람들까지 나이와 상관없이 만연한 혈관질환이 무섭다. 순번이 되어 들어가는 아버지를 보다가 잠깐 눈을 감고 기도하는데 목이 메어와 애써 아멘만 작게 외쳤다.

"괜찮을 거예요, 아버지."

"걱정 마라."

아버지는 오히려 내 손을 잡아 주었다. 하지만 시술이 끝나고 교수님의 의견을 들어 보니 가슴이 답답해졌다.

"시술 위치가 좋지 않아서 손목으로는 안 될 것 같고요. 내일 허벅지로 해야 하는데……. 두 군데가 위치도 좋지 않고 혈관 모양도 위험해서 최악의 경우도 감안해야 합니다."

"휴……."

한숨과 함께 걱정으로 머리가 복잡해졌다. 나의 시술 때와 달리

메인 혈관의 모습이 내가 보기에도 좋지 않았다. 입원실로 돌아온 아버지는 괜찮다고 하며 난 살 만큼 살았다고 교수님께 맡겨야지 하고서 침대에 편하게 누웠다. 밤새 아버지는 조영제 부작용으로 얼굴이 퉁퉁 부었다. 보고 있는 내 마음도 같이 부었다. 내일 잘될 수 있을까 하는 걱정 속에 밤을 지셌다.

아침에 회진을 온 교수님이 걱정하는 우리를 보고는 "시원하게 뚫어 드릴 테니 걱정하지 마세요!"라며 자신감 넘치시는 목소리로 말씀하셨다. 교수님 말씀에 얼마나 힘을 얻었는지 모르겠다. 환자의 걱정을 잘 알고 계신 듯해서 걱정이 조금 줄어들었다. 수술실 앞에서 초초하게 기다리는데 병원 스피커에서 작은 기도 소리가 들려왔다.

"아, 맞다. 여기 성모병원이지."

환우들을 위한 기도 시간이었나 보다. 그냥 나도 눈을 감고 기도를 했다. 아버지와 여기서 고통받고 있는 많은 이들을 위해서.

한 시간이 조금 넘어서 교수님이 나왔다. 어려운 위치였지만 너무 시술이 잘되었으며 오늘 하루 중환자실에서 회복하면 괜찮을 거라 말했다. 교수님께 감사하고 또 감사하다 정중하게 인사했고, 중환자실에서 회복을 마친 아버지는 건강하게 퇴원했다.

짧은 며칠이었지만 의료진들과 병원 현장에서 보이지 않게 다양한 곳에서 일하는 많은 분들의 모습을 지켜보면서 이들의 대한 여러 가지 생각이 들었다. 쉽지 않은 현장 근무 환경과 생명을 대하는 것에 대한 위험과 부담감, 정신 건강과 체력적인 문제까지……

이른 새벽에 병동으로 들어서며 마주친 분이 있었는데 야간 당직으로 무겁게 내려앉은 눈꺼풀을 비비며 최선을 다해 일하는 모습에 존경심마저 들었다. 히포크라테스(Hippocrates) 선서와 나이팅 게일 선서를 가슴에 담고 생명을 살리기 위해 의료인의 길에 들어 선 순간 사실 개인보다는 남을 위해 봉사하는 숭고한 정신을 가지 게 될 것이다. 그분들의 노력으로 많은 사람들의 소중한 목숨이 살 았다. 지금도 현장에서 최선을 다하고 있을 그들의 노고에 진심으 로 감사함을 전하고 싶다.

아로하

조정석

▶

Cause your love is so sweet
You are my everything
첫날 밤에 단 꿈에 젖어
하는 말이 아냐 난 변하지 않아
오직 너만 바라볼거야

조정석 씨는 연기자이면서 가수만큼
뛰어난 가창력의 소유자다.
슬기로운 의사생활 드라마를
재미있게 봐서 그랬는지 글을 쓰면서
드라마 OST인 조정석 씨의 아로하가
머릿속을 맴돌았다.
참고로 아로하는 뉴질랜드 마오리족
언어로 '사랑한다'는 뜻이다.

경주

♪ 이하이 - For You(Feat. Crush)

다양한 사람과의 단체 여행도 좋지만 혼자만의 프라이빗한 여행은 누구나 꿈꾸는 희망 사항이다. 하지만 현실에서 혼자만의 여행을 실천으로 옮기긴 생각보다 어렵다. 혼자 다니는 것에 대한 두려움 또는 불안감이 있는 사람에게는 엄두도 나지 않는 일이기도 하고 혼자만의 여행을 좋아하는 사람도 자신의 위치가 있기에 편하게 내려놓고 떠나기도 어렵기 때문이다.

그런데 어느 날 갑자기 나는 경주가 가고 싶어졌다. 사진도 좀 찍고 싶고 혼자 아무 생각 없이 돌아다니고도 싶었다. 예전에 구입해 애지중지 모셔 둔 라이카 최초의 디카 디지룩스 1도 베터리를 충전해서 작동해 본다. 혼자만의 무계획 여행이니 자동차, 카메라, 나. 이렇게 간단하게 준비가 완료됐다.

경주로 향하는 길이 시원하다. 평일이라 여유 있는 도로를 신나게 달려 경주로 향했다. 벚꽃이 만발하기 전 경주는 전체적으로 차분하고 여유 있는 느낌이다. 이렇게 멋진 모습을 오랫동안 기억하기 위해서 눈과 카메라에 모두 담았다. 주말이나 연휴와 달리 한적한 황리단길을 지나는 발걸음에 여유를 실어서 내딛는 느낌도 좋다. 복잡한 도시가 아닌 고즈넉한 느낌의 경주가 좋은 이유다. 오늘은 아무 생각하지 않기로 했는데…….

혼자 한적한 길을 걷고 있으니 치열하게 살아온 지난 시간이 떠오르기도 한다. 그렇게 살아야 하는 줄로만 알았고, 뒤돌아보지 않고 달려온 것에 대한 후회보다는 어려움을 담담하게 받아들이지 못하고 주변에 원망을 쏟아냈던 내가 부끄러웠다. 속으로 스스로에게 말했다.

"예전에 말이야, 내가 그랬어. 실수하고 미워하고 좋아하고."

난 돌이켜 생각해 보면 참 부족한 사람이었다. 너무도 많은 실수 때문에 주변 사람들까지 모두 힘들게 했으니 말이다. 눈물로 극복하며 세월을 지나고 나니 나뿐만 아니라 사랑하는 사람들도 몸과 마음에 상처를 입고 말았다. 그래서 미안하다고 고맙다는 말을 항상 하고 싶었나 보다. 그래서 오늘만큼은 나에게 잘했다고 말하고 싶었다.

"잘했어, 그동안 참 잘했어……."

따뜻한 커피 한 잔과 함께 과거의 나를 돌이켜 보는 이 시간, 나를 위로하는 시간이 필요했었다. 힘겹게 지나온 날 덕분에 성장한 나를 만나기 위해서, 그래서 내가 경주로 무작정 떠나고 싶었나 보다.

For You(Feat. Crush)
이하이

▶

Come close to me
Come close to me
When my heart is beating for you
It's crazy I see nothing but you
Baby my heart's beating for you

혼자만의 경주 여행을 계획했다면
세련된 목소리의 이하이와
함께하면 좋을 것 같다.
자동차와 여행 그리고 음악은
빠질 수 없는 관계다.

터널

♪ 카를라 브루니 - You Belong To Me

　　우리나라 국토 면적 중에 산지가 차지하는 비율이 많기 때문이 기도 하지만, 비좁은 도로 상황을 효율적으로 사용하기 위해서도 터 널을 뚫는다. 그래, 맞다. 우리나라 도로를 다니다 보면 터널이 참 많 다. 주변분들 중에는 영화 '터널'의 영향 때문은 아니겠지만 터널에 들어서면 답답함에 공황장애처럼 무서움을 느끼기도 한다. 난 밀양 에서 터널 공사 현장에 5년 넘게 있으면서, 우리가 알고 있는 터널은 정말 어렵게 만들어진다는 것을 알게 되었다. 우리도 모르게 지나치 게 되는 터널에 대한 숨은 이야기를 해 보려고 한다.

　　터널은 자동차가 산등성이로 막혀서 멀리 돌아서 가게 되는 길 을 효율적으로 줄이기 위해서 만들게 된다. 대부분 한국도로공사 주 최로 시행하고, 국내 메이저 건설사나 중견급 이상의 회사들이 시공 을 맡아서 공사하게 된다. 건설사는 경력이 오래되고 능숙한 공구장 을 임명해서 양쪽 터널에 배치해서 공사의 시작을 준비한다.

　　우선 터널이 관통하는 마을 사람들과의 협의가 있어야 하는데, 여기서 공사의 기간과 추가적인 비용 등의 문제가 생긴다. 소음이

나 보상 문제로 시공사 사무실에 찾아와서 시위를 하거나 이의를 제기해서 다툼이 생기기도 한다. 물론 보상이 주된 이유기 때문에 협의를 한 이후에는 별다른 트러블이 생기지 않는다. 하지만 마을의 크고 작은 사업에 도움을 주어야 하기에 공사가 끝날 때까지 신경을 써야 한다. 협의 문제에 관해서는 단호해서, 예전의 시골의 순수한 모습은 아니라 조금 놀라기도 했다.

이렇게 준비된 터널 공사는 사람보다는 장비를 준비하는 것으로 시작된다. 바위를 뚫고 파고 이동하는 모든 것을 특정 장비가 해내고, 각 파트의 근로자들이 적재적소에서 일사불란하게 움직인다. 난 점보 드릴이란 장비를 이때 처음 보았는데, 압도적인 크기와 가격에 놀랐고, 터널의 전진에 가장 중요한 작업을 하는 장비라서 드라이버가 우리나라에 150~200명뿐이라는 것에 놀랐다. 아주 귀한 분들이고 연봉도 높은 편이다. 이러한 점보 드릴로 바위를 뚫거나 화약을 장약하고, 발파, 부석 정리, 숏크리트의 과정을 반복하며 전진하면 입구가 생기기 시작한다.

하지만 공구장의 권리에 따라 24시간 투입되는 터널 전진의 과정은 운전기사나 터널공의 체력에 많은 부담을 주어, 조금은 개선해야 할 점이라 보인다. 우리는 그렇게 어려운 터널 공사를 하며 하루 종일 약 5년이 넘는 시간을 가까이 지내다 보니 가끔 티격태격하기도 하고, 회식으로 풀어 주면서 한 가족으로 지내니 많이 친해진다. 우리는 이분들에게 하루 네 번 식사와 두 번의 간식을 제공하는데, 아무리 맛있게 요리를 해도 매일 먹으면 지겹기도 하니, 가끔 반찬 투정을 하시는 분들이 있다. 그런데 어느 날, 그날 따라 메인 찬으로 나간 생선튀김이 크기가 무척 작았다. 한 반장님이 집게로 생선을 들고, "이게 도대체 무슨 생선인데 크기가 작아?"라며 좀 예민하게 큰 소리를 냈다.

난 순간 분위기를 잡기 위해 생선튀김을 가리키며 농담을 던졌다.

"반장님, 사실 이거 후쿠시마에서 자란 멸치예요. 방사능에 노출되어서 많이 자란 거예요."

"오! 멸치 치고는 엄청 큰 거네."

반장님이 크게 웃었다. 식당 안은 금세 많은 사람들의 커다란 웃음으로 가득 찼다. 그 이후 반장님은 다양한 반찬을 가리키며 먼저 농담을 던지며 반찬 투정을 하셨다.

"오늘도 신선한 후쿠시마 재료들이 가득하네."

친한 형이 직장 문제로 고민하고 있어서 현장 반장님께 상의하고 소개해서 터널공으로 일을 하게 되었는데, 터널공의 특성상 50세 정도면 아주 젊은 편이라 터널 반장님도 아주 좋아했다. 또한 특유의 성실함으로 인정받으며 터널공의 세계에 발을 내디뎠다. 우리 현장은 약 150명 이상이 생활하는 작은 중세 요새처럼 구성되어 있는데, 산속에 위치해 있지만 식당, 매점, 체력 단련실, 숙소로 각종 편의 시설이 잘 구비되어 있다. 물론 호텔 같은 수준은 아니지만, 근로자들이 깊은 산속에서 생활해야 하므로 불편하지 않도록 준비되어 있다.

현장은 터널 공사의 진척에 따라 아쉽게 떠나는 근로자분들과 새롭게 투입되는 분들로 활력이 넘쳤다. 우리는 이분들을 위해 변함없이 건강한 식사를 제공하기 위해서 모든 노력을 쏟았다. 물론 식사를 제공하는 식당 안에 문제점이 없는 것은 아니었다. 하루는 주방 안에서 트러블이 일어났는데 주방장이 갑자기 말도 없이 떠나 버려 인력을 구하는 데 큰 어려움을 겪기도 하고, 24시간 회전하는 많은 인력을 위해 반복되는 업무에 체력적인 부담을 많이 받기도 했다. 하지만 우리는 묵묵히 현장의 조력자로서 최선을 다했다.

5년이 넘는 터널 공사 현장 모습을 보면서 현장의 애환을 가까이에서 느낄 수 있었는데, 우선 젊은 인력을 보기가 어려웠다. 대부분 경력 20~30년이 넘는 베테랑들이 많아 평균적으로 60세가 넘었고, 70세에 가까운 반장님들도 많아서 머지않아 우리나라의 터널 공사의 미래는 외국인 근로자로 대체될 것 같은 아쉬움이 들었다.

전 세계 험한 산악 지형 때문에 터널 개통의 어려움을 느끼는 다양한 나라들이 우리나라에 터널 공사를 맡기는 것은 우리나라의 터널 공사 기술이 세계 최고라는 것을 입증한다. 애국심이 아니라 객관적으로 보았을 때 우리나라 사람들의 특유의 성실함과 용기, 그리고 기술력의 결과라고 할 수 있다.

난 오랜 기간 그들이 악조건의 상황을 극복하고 위험을 감수하며 시공하는 과정을 통해서 우리나라의 터널이 만들어지는 것을 지켜봐 왔다. 우리가 가볍게 스치는 도심 지하차도부터 강원도 고속도로에 개통된 몇십 킬로미터가 넘는 긴 터널, 그리고 최고의 기술로 만들어진 해저 터널까지, 많은 이들의 피와 땀으로 만들어진다는 것을 알아주었으면 좋겠다. 다른 이의 편리한 생활을 위해 노력하는 사람들, 우리 사회에 알려지지 않았지만 다양한 분야에서 일하는 분들을 생각하면, 잠깐 스치는 터널의 느낌도 다르게 느껴질 것이다.

이제는 시간이 꽤 지났다. 터널공으로 입문했던 친한 형은 지금 외국인 근로자를 이끌고 있는 터널공 반장이 되어 부산 현장에서 터널을 뚫고 있다. 하지만 많은 사람과 함께하면서 울고, 웃으며, 배운 그 5년의 시간은 전혀 아깝지 않다. 아름다운 자연 속에서 함께한 그 시간이 그립기만 하다. 건강하게 다시 만날 날을 고대하며 전국 현장에서 터널 공사에 최선을 다하는 터널공들과 장비 기사의 안전을 기원한다.

You Belong To Me

카를라 브루니

▶

Till your dream appears
You belong to me
I'll be so alone
Without you
Maybe You'll be lonesome, too

카를라 브루니는 프랑스 사르코지 대통령의
아내이자 가수 및 모델로 다재다능한
능력을 가진 분 같다. 그녀의 낮고 잔잔한
서정적인 목소리가 터널의 고요함을 닮았다.

인생길 같은 터널 공사 현장을 지나며

은인(恩人)

♪ 김동률 - 감사

　하루는 생각 없이 리모컨을 돌려보다 티비 속에서 미얀마의 극한 직업에 관한 프로그램을 보게 되었다. 미얀마의 척박한 환경 속에서 물류를 담당하는 트럭커(trucker)의 삶에 관한 내용이었다. 장면은 미얀마에서 오래된 고물 트럭으로 물류를 하면서 돈을 벌기 위해 운전하는 청년의 이야기로 시작된다. 부품도 없어서 어렵게 수리한 오래된 트럭을 가지고 출발하기 전 트럭에 올라 진심 어린 모습으로 기도하는 청년에게 무엇을 위한 기도냐고 묻자 안전 운전과 부모님을 위한 기도였다고 대답한다.

　불편하게 맨발로 운전하는 이유에 대해서는 자기의 삶을 돕는 모든 것을 불교에서 '은인'이라 여겨서 오래된 자동차이지만 존중의 의미로 맨발로 운전하는 것이라 말한다. 계속 만나게 되는 천길 낭떠러지 산길에서 목숨을 걸고 운전하는 험난한 여정이 얼마나 보는 내내 가슴을 졸이게 만드는지 모른다. 설상가상(雪上加霜) 우기로 인해 진흙에 빠져 오도 가도 못하는 절망적인 상황에서도 "계속 고치면서 계속 나아가는 거예요."라고 말하며 쏟아진 비와 진흙에 젖은 모습으로 웃으며 이야기한다.

시청하는 동안 눈에 보이는 모든 것들이 불편해 보였다. 안전장치와 에어컨도 없는 고물트럭도 그렇고, 펜스도 없고 포장되지 않은 위험한 산길, 그리고 곳곳에서 발생하는 알 수 없는 돌발 상황들까지. 하지만 아무도 신경질을 내거나 불평하지 않았다. 세계에서 가장 편리하게 만들어진 도로 시스템을 가진 나라, 뛰어난 기술력으로 최고의 자동차를 잘 만드는 나라, 각종 편리한 기술로 삶을 질을 높이는 나라. 이렇게 편리하고 안전한 나라에 살면서 우리는 얼마나 주어진 것에 대해 감사해 왔는지 되물으며 내 자신이 너무 부끄러워졌다……

이렇게 편리함만 추구하게 되면 오히려 의존성, 불만 등이 더욱 커질 수 있는 문제점을 가질 수 있다. 돈으로 지불하고 편리하게 나의 권리만 존중(尊重)받으면 되는 현상. 내것이 아니면 소중하게 여기지 않고 나의 편리함과 권리가 우선이기에 감정 노동을 하는 사람을 낮게 보고 갑질하는 모습도 경계해야 한다. 물건을 소중하게 오랫동안 사용하고 절약하는 태도도 어느새 사라졌다. 재활용품으로 나온 물건 중에는 새 제품들이 많아서 그것을 팔아 돈을 많이 벌었다는 이야기는 우리의 현실을 여과 없이 보여주는 것 같아 씁쓸한 기분마저 든다.

인간의 불편함을 줄이고 편리함을 추구하는 노력이 나쁜 것은 아니다. 하지만 편리함이 그 이상을 넘어설 때 그것이 가진 본질을 잊어버린다는 것이 가장 큰 문제다. 미얀마의 한 청년이 말한 것처럼 우리의 삶을 이롭게 돕고 있는 모든 것을 은인(恩人)이라고 생각해 보면 좋겠다. 그러면 작은 물건 하나부터 우리의 편리함을 위해 일하는 사람들까지 모두 은인으로 감사하고 존중하게 될 테니 말이다.

감사

김동률

▶

**단 한순간에도 나의 사람이란 걸
후회하지 않도록 그댈 사랑할게요
이제야 나 태어난 그 이유를
알 것만 같아요**

언제 들어도 좋은 목소리의 소유자이며
감성 넘치던 시기를 함께했던 뮤지션이다.
항상 그의 노래는 아득한 추억의 건너편을
떠오르게 하는 잔잔함과 애잔함을
동시에 가지고 있다. 나에게 주어진
모든 것이 감사한 것이라는 사실을
잊지 않았으면 좋겠다.

slope

♪ 요시마타 료 - The Whole Nine Yard

    짧게 살아왔지만 세상은 어느 한쪽으로 항상 기울어져 있었다. 어린 시절 친구와 타던 시소만 봐도 무거운 쪽이나 반칙으로 두 명이 탄 쪽으로 기울었고, 정치는 말할 필요 없이 항상 민심을 얻어 정권을 잡는 쪽으로 기울어져 운영되었다. 아이들이 좋아하는 연예인도 특정인에 대한 사랑으로 팬심이 기울고, 심지어 자식의 대한 사랑과 기대도 기울어져 가기 마련이다.

    나도 그랬다. 세상에서 내가 가장 힘들다고 생각했다. 그것이 잘못된 기울기였다고 깨닫기까지 1년이 넘는 시간을 혼자 방황하고 힘들어 했다. 아니, 인정하기가 싫었다. 더구나 수평이 맞으면 오히려 손해 보는 것이라는 생각마저 들었다. 분명 한쪽이 기울어져 있다면 무게를 맞추기 위해서 한쪽을 비우든지 채워야 하는데 마음 한구석에 있는 자존심이 허락하지 않았다. 원래 이렇게 경쟁적인 성격이 아니었는데 살면서 이상한 고집과 승부욕만 남았다. 더 슬픈 건이러한 인생 기울기의 기준을 사랑하는 가족에게 냉정하게 적용했다는 것이다. 남에게는 한없이 너그럽고 따뜻한 모습으로 대하면서

267

말이다.

요즘 언론에 많이 나오는 선택적 분노조절 장애처럼 상대에 따라 다른 기준을 들이밀고 있었으니 내 자신을 바로 선택적 기울기 장애라고 불러야 하겠다. 나의 마음이 기울기가 잘못되었다는 것을 알고 난 후 이 문제점이 어디 왔는지 궁금해졌다. 왜 나만 힘들고 나만 고생했으며 나만 위로가 필요했는지 말이다. 지독한 어려움을 이겨 낸 힘은 살아가면서 얻은 가장 큰 교훈이었다. 그 독한 마음이 아니었으면 10년이 넘는 세월을 견디지 못했을지도 모른다. 가족을 보호하고 사랑해야 했으니 그 모든 것을 감내하고 견디는 것이 옳다고 생각했지만 반대로 나의 마음의 평행추(平行錘)는 고장 나고 있었던 것 같다.

이러한 나의 잘못을 거슬러 올라가 문제점과의 회우(會遇)한 후, 난 망설임 없이 글쓰기를 시작하게 된 첫 출발점을 떠올리게 되었다. 아마도 첫 도입부터 한쪽으로 기울어진 나의 모습을 계속 신경쓰고 있었음이 확실하다. 책을 집필하면서 변화하는 나의 모습을 보면서 프랑스 철학자 몽테뉴의 말이 떠올랐다.

"자신의 개인 생활을 경험적으로 관찰하고 분석함으로써
자각이 실현된다."

그들처럼 높은 수준의 깨달음을 얻은 것은 아니지만, 나의 잘못과 행동을 알게 되면서 오히려 나의 가슴속 깊은 모습을 이해할 수 있게 되었다. 내게서 고장 난 곳을 찾고 이해하니 문제가 되었던 마음속 기울기가 조금씩 제 자리를 찾아 돌아오는 것 같았다. 기울어져 있던 배가 돌아오듯 상대방의 잘못이 아닌 나의 문제로 초점을 돌릴 수 있었고, 가슴에 품었던 화와 원망도 어느 정도 내려놓을 수 있었다. 어쩌면 나는 그저 위로받고 싶었던 것 같다.

The Whole Nine Yard
요시마타 료

▶

♪

영화 냉정과 열정 사이 OST 곡이다.
집으로 향하는 퇴근길에 라디오에서 흘러나왔다.
피아노 멜로디에 가슴이 먼저 반응했다.
19년 전 피렌체 언덕에 올라 두오모를 같이
바라보았던 젊은 시절의 우리가 떠올랐다.
아름다운 음악을 듣고 있으니
영화 속 대사가 생각났다.

"사람이 있을 곳이란
누군가의 가슴 속밖에 없는 것이다."

후회하지 않고
사랑을 선택하는 것이 좋을 것 같다.

솔로몬의 지혜

♪ Sondia - 어른

    하루는 아는 지인이 직장의 과도한 스트레스 문제로 티타임을 요청했다. 선지자 같은 예언 능력은 없지만 얼마 전부터 부쩍 지인의 얼굴이 어두워져 직감(直感)은 하고 있었다. 티타임을 가지며 지인이 가진 문제점에 관한 이야기를 자세하게 듣고 싶어졌다.

    그녀의 직업은 국공립 어린이집 선생님이다. 지속적으로, 또 사회적으로 계속 문제점이 제기되는 직업이기도 하다. 저임금과 과로, 열정페이가 떠오르는데 나만의 생각은 아니길 바라 본다. 역시 이야기를 시작해 보니 그녀는 정시에 출근하고 정시에 퇴근해 보고 싶다는 이야기로 말문을 열었다.

    대학을 졸업하고 직장을 얻었다는 행복감도 잠시, 자연스럽게 과로 근무에 시달리고 까다로운 부모와의 의사소통에 대한 어려움, 잦은 선생님들의 퇴사 등 다양한 문제점에 노출되면서 더욱 일하기 힘들다는 것이었다. 그리고 일한 만큼 보수를 받지 못한다는 점이 가장 의욕을 상실하게 만든다고 했다. 어린이집도 등급이 있는데 대기업이 운영하는 어린이집, 국공립, 사회법인, 민간, 가정 등의 순으로 업무 환경과 급여 수준이 모두 다르기는 하지만 전반적인 업무 시간을 초과하는 환경은 비슷하다고 했다.

우리나라는 유럽과 달라 육아 휴직이 활성화되지 못해서 맞벌이 부부의 가장 큰 고민이 바로 아이를 편하게 맡길 수 있는 곳이 있느냐 없느냐다. 이러한 고민의 문제를 해결해 줄 수 있는 곳이 회사나 집 근처의 어린이집이다. 한 아이를 보는 것도 힘든데 어린이집 선생님들은 많은 수의 아이들을 돌보고 각 아이의 상태를 확인하고 메모하고 사진찍고 부모에게 실시간으로 보고도 한다.

아이들을 키워 본 사람이라면 자기 자식 한 명도 돌보기 어렵다는 것을 절실히 깨닫게 된다. 하지만 한 명이 아닌 세 명 이상이라면 잠깐의 방심도 큰 사고로 이어질 수 있기에 아이를 돌보는 일은 신체적, 정신적 과로로 이어지게 된다. 조금 더 어린 아이들이라면 부모의 까다로운 요구사항이 더 많을 수도 있다.

아이들이 돌아가는 여섯 시 이후에는 각종 행사 준비 등으로 늦은 밤까지 일하곤 한다. 그러다 보면 항상 퇴사 생각을 가지게 된다는 것이다. 한편으로는 아이들이 점점 줄어드는 미래를 생각하면 다른 일을 알아보아야 하는 건 아닌지 두렵다며 직장의 미래 또한 어둡다고 했다.

벌써 18년 전의 이야기이다. 아내가 첫째를 출산하고 우리만의 원칙을 가졌는데 아이의 정서를 위해 3년이 가장 중요하다고 판단하고 아내는 직장을 그만두고 육아에 전념했다. 외벌이로 금전적인 면은 조금 불리했지만 아이는 어린이집을 파트 타임으로만 다녔고, 그나마도 자연에서 놀고 학습하는 자연 학교에서 보내는 시간이 대부분이어서 엄마와 함께하는 시간이 많아 행복했던 아이의 모습을 생각해 보면 그때의 결정이 옳았다고 생각된다.

요즘은 그때와 달라져서 혼자의 벌이로는 더 살기 어려운 세상이 되었다. 자식을 맡기고 두 사람이 벌어도 살기가 어렵다는 이야기가 된다. 모든 엄마들이 육아를 원하고 있겠지만 현실의 벽은 높기만 한 것 같다.

어린이집 선생님은 엄마들이 아이들을 맡기고 뒤돌아서는 순간 아이들의 새로운 엄마가 된다. 발길이 떨어지지 않는 엄마들의 마음을 잘 알기에 그 사랑을 대신해 아이들을 돌보며 최선을 다하게 된다. 긴 시간을 식사부터 낮잠까지 아이를 대하는 모든 순간이 친엄마의 손길과 다르지 않다. 친엄마를 찾기 위해 아기를 칼로 갈라서 나누어 가지라고 재판해 친엄마를 찾아주었던 지혜의 왕 솔로몬도 친엄마 와 맡겨진 아이를 긴 시간을 돌보는 어린이집 선생님들의 모습을 본다면, 아이들에 대한 사랑과 헌신이 더 큰 사람이 누구인지 판단하기 어려울지도 모른다. 그만큼 선생님들의 사랑도 작지 않음을 알아주었으면 좋겠다는 생각이 들었다.

"아이들이 너무 사랑스럽고 좋아요. 하지만 결혼해서 아이를 낳고 싶진 않아요."라고 이야기하는 지인의 말을 들으며 우리나라 어린이집 선생님들의 보편적인 생각이 아닐까 하는 걱정에 마음이 무거워졌다. 아이들은 많은 이의 사랑을 받고 자라게 된다. 부모의 사랑도 그렇고 할머니, 할아버지의 사랑도 친구들과 이웃들의 사랑까지도 말이다. 그렇게 무럭무럭 자라는 내 아이들을 위해 노력하는 선생님들의 모습과 상황에 조금 더 관심 가지고 귀를 기울인다면 선생님들의 미래도 밝아질 거라 생각한다.

　"그래도 아이는 낳아야지!"라고 말하고서는 맛있는 고기를 사 주며 지인의 스트레스를 풀어 주었고 웃는 얼굴로 헤어졌다. 한결 밝은 모습을 바라보니 내 마음도 가벼워졌다. 그런데 안타깝게도 동시에 내 지갑까지 가벼워진 것 같다.

어른

Sondia

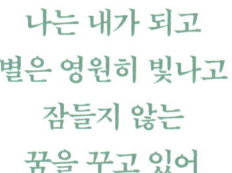

**나는 내가 되고
별은 영원히 빛나고
잠들지 않는
꿈을 꾸고 있어**

드라마를 보고 운 적이 없었는데
'나의 아저씨'라는 드라마를 보고
참 많이도 울었다.
이 곡은 그 드라마의 OST다.
어른이 된다는 것은 정답도 없고
참 어려운 일 같다. 고인이 된 이선균 님의
연기가 생각나서 가슴이 더 먹먹하다.

봄의 길목에서

빠르게 변화하는 세상은 우리를 더욱 지치고 외롭게 만든다. 더 힘든 건 마음의 여유조차 없다는 것이다. 서로를 감싸는 울타리는 약해졌고 각자의 삶이 더 중요하다고 목소리를 높이는 현실에서 그냥 바보처럼 살았다.

미련한 집착이라는 손가락질 속에서도 사랑을 따뜻하게 선해 본다. 누구의 잘못도 아니고 남의 탓을 할 필요도 없다. 그저 고단한 삶에 지쳐 멈춘 마음을 보듬고 사랑해 주고 싶을 뿐. 인생의 소중한 추억 이야기를 나누고 가슴속 깊은 곳에 묻어 두었던 아픔을 꺼내 서로 나누면 지친 우리의 마음도 스스로 위로의 답을 찾아 행복해지리라 생각한다.

추위가 길어서 오지 않을 것 같았던 봄은 소리 없이 도착했다. 하루가 다르게 연두색 옷으로 갈아입는 나무들과 사람의 마음을 설레게 하는 벚꽃나무는 봄의 전령사(傳令使)다. 작년 무더운 여름부터 추운 겨울까지 나를 찾는 과정을 책으로 옮기며 행복한 봄이 오기까지 기다리고 있었다.

솔직히 주변에 책을 준비하는 것을 크게 알리지 않았다. 그럼에도 용기를 주는 사람들이 있었지만 피곤하게 돈도 되지 않는 것을 왜 하냐고 말하는 사람도 있었다. 그래, 돈도 되지 않고 시간 낭비하는 것으로 보였을지도 모른다. 하지만 책을 준비하는 과정을 통해 나의 인생을 다시 한번 돌아볼 수 있었고 힘들었지만 행복한 경험을 할 수 있었다.

이러한 경험을 통해 난 좀 더 성숙해졌고, 세상을 바라보는 다른 눈을 가지게 되었다. 가장 기본이겠지만 살아가면서 알아가기 어려운 것, 나의 모습을 돌아보고 인정해야 남도 이해하고 사랑할 수 있다는 진리를 깨닫게 되었다.

겨울 같았던 마음이 녹아내리면 봄은 올 것이다. 그래, 마음은 따뜻하고 행복한 바람이 부는 봄을 기다리고 있었나 보다. 사랑하는 이들의 가슴에도 봄이 왔으면 좋겠다. 벚꽃이 눈처럼 휘날리는 아름다운 꿈을 꾸듯 봄의 길목에서 글을 마치며.

작가 인터뷰

이 책을 쓰게 된 계기는 무엇인가요?

그동안 여러 사연이 많았어요. 원래도 평범한 직장인은 아니었지만 꽤 높은 연봉을 받고 지내다가 욕심 때문에 사고를 쳐서 형편이 어려워졌어요. 이곳저곳에 이력서를 넣어도 다 안 되더라고요. 그러던 와중에 지방에서 건설 현장 식당을 하게 됐어요. 그 일을 하면서 보통 사람들은 상상하기 어려울 정도로 큰 수입이 생겨서 부채를 청산할 수 있었죠. 빚도 갚았겠다, 다시 서울로 올라가기만 하면 다 잘 풀릴 줄 알았어요. 그런데 막상 와 보니 제 기대와 달리 가족들과 잘 지내기가 어렵더라고요. 여러 가지로 화가 많이 쌓인 상태에서 뭐라도 표출하고 싶어서 빚 갚는 과정을 알려주겠다는 취지로 전자책을 한 권 썼어요. 다 쓰고 보니까 부정적인 감정이 책에 고스란히 담겨 있더라고요. 그때 '아, 이런 것 말고 내 마음속 이야기를 제대로 꺼내야겠다.' 생각했어요.

그냥 일상에서 얻어지는 것들을 쭉 쓰기 시작했는데 초반에는 예전처럼 좋지 않은 감정이 실려 있었어요. 지금은 책을 쓰길 정말 잘했다는 생각을 해요. 글쓰기가 끝났을 때에는 마음이 바뀌었거든요. '난 이제 진짜 시작이구나.' 그렇게 생각하게 되면서 마음이 엄청 편해졌어요. 사실 처음에는 제 글을 검토하는 것도 힘들었어요. 교정본을 받아 본 후에도 조금 읽다가 닫아버리기를 반복할 정도였어요. 그래도 자세히 보려고 애썼어요. 글 잘 쓰는 사람들은 너무 많고, 어차피 저는 프로작가가 아니니까 그저 내 기분을 충실히 담아내자고 마음먹은 거죠.

책을 쓰면서 특별히 중점을 둔 부분은 무엇인가요?

아무래도 '음악'이죠. 제가 음악을 엄청 좋아해요. 피아노를 배우기도
했지만, 독학으로 악기를 많이 다뤘거든요. 집안 식구들도 거의 다 악
기를 다룰 줄 알고요. 친구 중에 클래식 채널을 운영하는 유튜버가 있
어요. 그 친구의 남편분이 책을 세 권 정도 출간했다기에 제 글을 좀
보여드렸거든요. 어떻게 이렇게 다양한 음악을 넣어서 글을 썼냐면
서 음악과 관련된 제목으로 바꿔서 출간하기를 권하셨어요.

저는 제 책을 읽을 사람들에게 다양한 음악을 들려주고 싶었어
요. 제가 음악 평론가는 아니지만 다채로운 음악들과 함께 책을 그
려나가면 글의 감동도 좀 다르지 않을까 싶어서 QR 코드에 연결된
음악을 스캔해서 들어볼 수 있도록 구성했죠.

작가님이 가장 좋아하는 노래는 어떤 곡인가요?

특별한 사연이 있는 곡이 있어요. 냉정과 열정 사이에 나오는 ost 곡
인데요. 그 곡을 들으면 아내와 같이 피렌체에서 두오모를 바라보
던 장면이 떠올라요. 그 기억이 정말 남다른데, 지금 생각해 보면 그
장소에서 왜 그 음악을 못 틀어봤을까 싶어요.

가끔은 그 OST 곡처럼 가사 없는 음악이 가슴에 와닿을 때가 있
어요. 음악의 멜로디만으로 감정을 전달할 수 있는 곡들이 있잖아
요. 특히 마음이 번잡하면 오히려 음악이 소음처럼 느껴지기도 하는
데 그럴 때 들으면 참 좋아요.

일상을 글로 기록하는 이유는 무엇인가요?

학교 다닐 때부터 글을 많이 썼어요. 저는 인스타그램도 일기처럼 활용하는데요. 누구한테 보여주기 위해서가 아니라 혼자 사진 찍고 기록하고, 그저 제 마음 상태를 표현하고 싶어서 글을 써요. 일상 기록의 좋은 점은 사물을 보는 시야가 넓어진다는 거예요. 그냥 무관심하게 지나쳤을 것들도 다시 돌아보게 돼요. 본문 중 '공단의 아카시아는 왜 향기가 없는가'라는 글에 이런 경험이 담겨 있어요. 공단 출근길 분위기가 무척 어두웠거든요. 봄이 와서 아카시아 향기가 날 때가 되었는데도 제게는 그 향이 전혀 느껴지지 않았어요. '모든 게 내 마음에 따라 바뀔 수 있겠구나'라는 생각이 들더라고요. 일상을 관찰하다 보면 제 감정을 알아차릴 수 있을 뿐만 아니라 그 자체가 하나의 글감이 돼요.

작가님만의 독특한 일상 관찰 방법이 있을까요?

관찰하는 대상에 이름을 붙이는 의인화를 많이 해요. 최근에 러브버그가 한창 많았을 때가 있었잖아요. 하루는 신호 대기 중에 앞 유리에 앉은 러브버그들을 보고 있었어요. 둘이 반대 방향으로 붙어서 날아가는데 그 모습이 너무 힘겨워 보이고 이상했어요. 그런데 그게 꼭 현실에 사는 부부 같다는 생각이 들더라고요. 거꾸로 붙어 있는데도 마치 발을 맞춰 가듯 한 방향으로 쭉 날아가는 게 신기했어요. 그러고 나서 러브버그에 대해서 글을 썼죠. 사람은 사랑할 때 처음엔 서로 좋은 점만 보이다가 콩깍지가 벗겨지고 나면 별로라고 하잖아요. 러브버그들은 겨우 일주일 남짓 살면서도 짝과 함께 열심히 날아다니는데 말이에요. 사랑한다고 하면서도 쉽게 헤어지는 사람들이 많은 걸 보면 어쩌면 사람이 미물보다 사랑에 서툰 걸지도 몰라요. 이런 식으로 눈에 보이는 대상을 의인화하면서 생각한 것들을 글로 풀어내곤 해요.

작가님의 삶에 영감을 주는 취미나 활동이 있으신가요?

가수가 나오는 콘서트뿐만 아니라 악기, 클래식도 엄청 좋아해서 장르를 가리지 않고 음악을 들으러 가요. 박규희라는 천재 기타리스트가 있거든요. 체구가 엄청 작아서 기타 위에서 손을 일사불란하게 움직이기 힘든데도 전 세계 콩쿠르에서 9번이나 우승했어요. 개인적으로 박규희 씨를 너무 좋아해서 콘서트를 정말 많이 따라다녔어요. 클래식 음악은 직접 들으면 정말 달라요. 가슴으로 와닿는 악기의 울림은 말로 표현하기가 힘들어요.

어떤 독자들을 염두에 두고 책을 쓰셨나요?

처음에는 중년의 사람들을 타깃으로 삼고 '쉰 밥'이라는 제목으로 원고를 쓰고 있었어요. 그런데 주변에서 너무 어두운 감이 있다고 하길래 곰곰이 생각해 봤죠. 어려움에 나이가 따로 있는 것도 아니고, 제가 겪은 일들과 그 안에서 느낀 힘든 감정들이 중년에 국한되는 것도 아니더라고요. 그때부터 독자층을 특별히 생각하지 않았어요. 그 고집이 꺾이고, 다양한 분들이 봤으면 좋겠다는 바람이 생기면서부터 글이 조금씩 달라졌어요. '오늘의 음악' 선곡에 최신곡부터 옛날 노래들까지 고루 포함된 것도 그런 제 마음이 반영된 결과예요. 어떤 분이 제 글을 읽든, 자기만의 방식대로 책을 읽고 그 안에서 각자 다른 무언가를 느끼셨으면 좋겠어요.

책을 쓰면서 새롭게 발견한 것이 있나요?

저를 한 마디로 표현하면 '에너지'라고 할 만큼 저는 늘 하고 싶은 게 많은 사람인데, 요즘 제가 에너지를 쏟는 곳은 당연히 책이었거든요. 책을 쓰고 나니까 더 잘 쓰고 싶고, 더 좋은 내용을 담아보고 싶다는 열망이 생겼어요. 책을 좋아하는 마음이 더 깊어지고 진지해진 것 같아요. 다른 작가의 책 한 권도 다르게 보게 되고, 이 책을 쓰기 전까지 얼마나 많은 시간을 고민했을까 하는 생각도 들고요. 작가의 마음으로 책을 바라보는 시선이 생긴 것 같네요.

작가님의 다음 집필 계획도 궁금합니다.

이번 책은 저에게 '출발점'이에요. 저한테는 몇 가지 목표가 있었거든요. '10년 안에 책 다섯 권을 꼭 쓰겠다. 기회가 된다면 다른 장르의 책도 써보고 싶다.' 하는 것들이요. 이미 두 번째 책은 집필을 시작했고요.

최근에는 여행에 대해 이야기해보는 것도 재밌겠다는 생각이 들었어요. 큰 아들이 대학생이 되면 산티아고 순례길을 걷거나 대만으로 한 달 정도 오토바이 여행을 함께 떠나자는 대화를 나누고 있어요. 아들이 건축학과를 가고 싶어 해서 다양한 건축물도 구경하고, 스케치도 하면서 여행하면 참 좋을 것 같아요. 그런 과정을 책에 녹여내고 싶어요.

마지막으로 독자들에게 한 마디해 주세요.

독자들이 제 책을 읽고 무언가를 깨우치거나 변화하기를 바라지는 않아요. 다만 제가 책의 초반에 썼듯이 제 일상 이야기나 어려움을 겪는 과정을 보면서 독자분들도 스스로 길을 찾아나갔으면 좋겠어요. 제가 누군가에게 교훈이나 깨달음을 줄 수 있는 위치도 아닐뿐더러 독자들마다 가지고 있는 감정이 다 다르기 때문에 각자에게 위로와 힘을 주는 구간들을 마주치길 바라요.

작가 홈페이지

하루의 끝에 듣는 음악

지친 마음을 어루만지는 오늘의 음악

발행일 2024년 10월 3일

지은이 김준영
펴낸이 마형민
기획 곽하늘
편집 조도윤 최지민 곽하늘
니자인 김안석
펴낸곳 (주)페스트북
주소 경기도 안양시 안양판교로 20
홈페이지 festbook.co.kr

ISBN 979-11-6929-574-1 03810
값 19,000원